田舎に咲く
一本の山桜

真《ま》那《な》井《い》　政春《まさはる》

「まえがき」

田舎の少年が自然と向き合いながら、伸び伸びと育って行く、その時々のリアルな話題を元に、書き下ろした第一作を、もっと深く掘り下げて綴った改訂版です。

ヤマザクラの木が神社の隣、少年の家の敷地内にひっそりと佇んでいる。少年の家族が引っ越して来る前から、植わっている。

母親はこのヤマザクラの木を、すごく大事にしている、このヤマザクラの木は、人が植えたものではない、自然に生えてきたもの。

母親はこの木が可愛いらしいのか、何時もこの木を眺め、肥料を施し、世話をし、木を指すっては声をかける、「大きく、立派になってよ」

母親の世話によって、どんどん大きく成長し、少年が登りたくなるような手頃な木になっていく。

少年は、ヤマザクラを見ると、登りたい衝動にかられ、事あるごとに登っている。

少年の名は政春と言う木登り名人。

木の上から眺めながら「考える葦」となり、頼りになる木だと思っているようだ。登っている少年は学校、将来、家族の事など思い考えていられる、静かなヤマザクラの木を愛す。

大分県の国東半島の片田舎に生まれ、自然の中で育っている田舎の少年だ。友達はやや離れているので、ほとんど一人、神社で遊んだり、ヤマザクラの木に登ったりと、父親、母親、犬のチビ、牛、と共に暮らす。

農業の手伝い、家事の手伝い、学校生活、村の行事など、その時々の人間模様が興味深い。

少年は、恵まれた自然環境の中で、思いっきり楽しみ、素直な子供時代を過ごしていく。神社で空腹で倒れていたおじさんに、麦ご飯を運び、また池で溺れた友達を岸まで押し戻し、人助けもした。

裕福な家庭環境の子供達に憧れ、やりたい部活も、農作業の手伝いの為、入部できず、一生懸命、部活動に取り組んでいる友達を羨ましいと思っている、そのような政春少年に、どんな人生が待っているのだろうか。

都会で働く若い叔父さんが訪ねてきた、その恰好良さにひかれ、なんとか貧乏から脱却したいと願い、友達と神社で勉強会をして知識を付けようと努力に励む。

農家でありながら、お米は小学校高学年まで食べた事がない、弁当も麦ご飯、おかずもタクアン、それでもくじけずに頑張る。

不安になれば、ヤマザクラの木に登り、語りかける。

家庭教師、休日は土方、冬季、夏季休暇は泊まり込みで缶詰工場へ、親からの仕送りなどとても期待できない、苦学の学生生活。

それでも学校に行かなければ、卒業はしなければ、との強い思いを持ちつづけ、学生運動が盛んに行われていた最中も、その思いを捨てなかった少年。

やりたい研究を諦め、給料の良い企業へ、親を安心させる為、奮闘。


母親はヤマザクラの木が可愛いのか、すごく大事にしている。

艶やかに咲いている満開の花、しかし母親は「可憐な花が満開になる、可愛い花の咲くヤマザクラの木だよ」と言う。


そして、中学校から集団就職した友達は第二の人生を築き、ステップアップを試みる。

政春少年は青年となり第二の人生を築いていかなければならない、その過程での色々な出来事を体験し成長していくだろう。


田舎育ちの政春は決して諦めない、ヤマザクラの木のように、大きく「可愛い花」を咲かせて欲しいと願っている母親が、そこにいるから。

目次

「一」　少年が育った春日神社

国東半島の別府湾沿い、透き通るような美しい海、大分市の対岸、その海岸線から一キロ程入った大神村、戦時中、特攻隊の基地があった場所である。そこからさらに、山を超え、海を見ながら進み坂道を上がると、それぞれに祭られている神様も違っている、二つの神社がある。

一つは春日大社の御分霊を祭っている、古びた灯籠と、二匹の狛犬で魔物が侵入しないよう見張っている春日神社で、

もう一つは、遠見山（百十五メートル）の頂上にあり、白ギツネを祭り、遠くに大分市内を臨み、別府湾が一望できる、風光明媚な遠見稲荷神社である。

政春少年は、海や山が直ぐ近くで自然環境いっぱいのこの村に生まれた。神社の側には少年の大好きなヤマザクラの木が一本生えている。

政春の住家は春日神社のすぐ隣に建ち、神社入り口付近に位置している事から、「おみやんわき」お宮脇と言う屋号だ。

昔からの農家で、農業、特に稲作中心でお米が主な収入源、父（初男）、母（千津子）、政春そして牛犬のチビと暮らし、隣の家とは二百メートル位離れている。

「おみやんわき」の家は春日神社が一番近い、その、春日神社は、松、杉、ヒノキ、カシなどの大木に囲まれ、ひっそりと佇んでいて、その側で、寂しそうに、ぽつんと一軒建っている。

春日神社は神々が、何時も訪れているように感じる神社、そのような静寂感を持ち合わせている。隣なので、政春の小さい時からの遊び場となっている。

神社の森は春になると動物達の活動の場所となり、大きな木の枝にはハト、モズ、キツツキ、フクロウが神殿を見下ろすかのように羽を休め、飛び立つ様子もない。特に大きな松の木、子供5人ぐらいが両手を広げても届かないほどの木が聳えたち、拝殿に向かって、二本の根が飛び出している。

森の中は枯れ葉が折り重なるように何重にも積もっている。

枯れ葉、いっぱいの地面には、コジュケイ、キジ、ハトが、季節に関係なく「ガサッーガサッーガサッー」と音をたて、這い廻り、嘴と足で餌を探し、落ち葉を掻き回す。

長年積もった何重にも重なった落ち葉、下の方は腐ったようになっている枯葉、その中には鳥達に好物の、ミミズ、昆虫の幼虫が沢山いるのだ。時々、タヌキや狐の顔を見る事もある。

夏になるとニイニイゼミ、アブラゼミ、クマゼミ、ミンミンゼミ、夏の終わりが近づくとツクツクボウシの声、夏中にぎやかなセミの歌声が聞こえてくる。

歌は同じように聞こえて来るのだが、セミは聞き分けているのか、人が近づいて行くと、一瞬パッと静かになる、なお近づくと、飛びたって行く。

獣道のような草むらに覆われた神社入り口付近の通り道、その辺りから「おみやんわき」の敷地内であり、神社と一体になっているようだ。

そこには樹齢不明の、野生のヤマザクラの木が、土深く根を伸ばして、毎年著しく成長し、どんどん大きくなって行く。葉っぱの落ち葉が腐り、それが栄養分となっているのか、牛小屋もすぐ近くにあるので、牛の糞が栄養分となっているのか、母親の手入れが良いのか、毎年、空高くグングン伸びていく全く枯れる様子もない。

やや冷たさを感じる朝「政春、残飯を桜の木の根っこに埋めてきておくれ」母親に頼まれたので、スコップで穴を掘り木の下に、やや深く埋めたのだが。しかし、次の日の朝、桜の木の根っこが、見事に掘り返されて、埋めたはずの残飯は、ひとかけらも残っていない。野ギツネか野犬に、ほり返され、格好の餌にされたのだ。この村には、キツネ、狸、野犬もたくさん住んでいる。

母親「残飯はヤマザクラの木の栄養分になると思って埋めて貰ったが、キツネや野犬が味を占めて度々出られてはかなわんな、今度から残飯はやめよう、肥料は牛糞にするよ」残念そうな顔。母親はヤマザクラの木を大事にしている、我が子のように可愛いのか、木を見上げ、成長を楽しみにしているようだ。

母親「政春、このヤマザクラの木は、ここに引っ越して来た時、そんなに大きくなかったのだが、年々成長し、太くがっしりとしてきた、もっともっと大きくなって貰いたいし、可愛い花が辺り一面に咲いてくれるように、手入れを怠らず、大事に扱おうね」

この木の周りには、雑木が多くカズラも絡まっている、父親がノコギリを持ってきた、ヤマザクラの周りの木やカズラを切り取り、木の成長を促している。

まだ薄暗い朝、政春は鳥のけたたましい鳴き声で目を覚ます。まさに目覚まし時計。

ハトの「クック！クック！クック！クック！」

コジュケイが「チョトコロ！チョトココ！コロコロコロ！」

朝早くからの鳴き声が耳の中へ入ってくる、薄暗い朝霧の中、鳴き声だけが聞こえてくる。目をこすりながら玄関を開け戸外に出る。

神社の森を眺めながら「騒がしいな、朝早くから、大きな鳴き声を出して、折角ぐっすり寝ていたのに、目が覚めてしまったじゃないか」政春は呟く。

森の中、木々に囲まれた神社の方を向き、思いっきり深呼吸、新鮮な空気が入り込む、辺り一面に木々の香りが漂う。森の樹木も息をしているのだろう、ひんやりとした空気が漂う、小雨が降ってきたかのよう、しっとりとした濡れた葉っぱ、栄養分をいっぱい吸って空気中に吐き出している。

政春「樹木の香りがしている、気持ちの良い朝だ、鳴いている鳥達はどこにいるのかな」

辺りを見渡し、木陰を探すのだが、鳥の姿は見えない。

ヤマザクラの木のすぐ傍、森を囲んでいる大きな木々の隙間から空を眺めている。

突然母親の声「政春、井戸の水汲みをしておくれ、バケツ二杯お願いいね」

政春「はーい、バケツ二杯でいいの」バケツを持って、井戸の方に向かって走って行く。

汲み終わってまた森の方を見ると、太陽の光線が神社の森を照らし始めている、高く伸びた杉の木を照らしている、しばらくすると、木々からの間から、まばゆい程の太陽の光線が目に入ってくる。

家の側のヤマザクラは春夏秋冬によって姿が変わって行く。

四季夫々の風が吹き、季節ごとに風情や趣、醸し出す香りの違いを感じさせながら。

そして一年を通して、ヤマザクラが織りなす風景模様の変化を感じとる。

初春になるとヤマザクラは、葉芽と花が同時に展開し、辺り一面の木々を覆い隠すように浮かび上がらせる。

そして、やや紅色の葉芽や白い花びらが森の緑と共に艶やかな風景を創り出している。白い花びらはやや甘い花の香りを醸し出しているのか、虫たちを引き寄せる。

花は散り、赤茶色の葉芽が主役となり、大きな緑の葉っぱとなって行く。

この頃のヤマザクラは、すごい勢いがある。鼻にツーンとした独特の若葉の匂いを漂わせている。

スギ、ヒノキの木が直ぐ近くに植わっているがこれは真っ直ぐと伸びて行き、どんどん背が高くなって行く。だが、ヤマザクラの木は、幹からの小さな枝がどんどん伸び横に広がってくる。

横広がりとなって、緑色の葉が茂ってくる。木の下は大きな傘の下にいるようだ、毎年毎年、日陰の場所が増えてくる。

神社の森はスギ、ヒノキ、松の針葉樹と、桜やかし等の広葉樹で形成されている。

ヤマザクラの成長は、涼む場所を増やし、休息の場所を与えてくれる。

花の蜜を吸いに集まっていた虫たちは、花がある間は活発に活動しているが、散った後のヤマザクラの木が放つツーンとした、匂いが苦手なのか、どこかに行ってしまう。

初夏になるとヤマザクラの葉っぱは勢いよく緑色に茂り、みずみずしい香りを漂わせ、巨大な緑の傘は、日よけとなり、日陰にムシロを敷いて、寝そべって涼むのに丁度いい。

秋にはエンジ色がかった葉っぱとなり、風に梵ヒラヒラと落ちてくる。イチョウの木、ブナの木の黄色くなった葉っぱと共に、秋の風景を楽しませてくれる。

冬には葉っぱは落ちてしまい、灰色がかった枝とやや黒ずんだ幹だけとなってくる、身軽になったヤマザクラは、今から冬ごもりするのか、どことなく寂しそうな、一人ぼっちのような、情景が描かれている。

日頃は訪れる人もない静かな「おみやんわき」であるが、ヤマザクラが満開に咲くと、通りすがりの人や近くで畑仕事をしている人が見に寄って来るので、賑やかになる。

その花は、白い羽衣を纏っている天女のようだ。噂を聞いて町の方からも見に来る人もいる。

ヤマザクラの天辺の花を見上げると、白い花が曇り空から少し覗いている青空と灰色の雲の中に浮かび上がっているようだ。

道路上に垂れ下がっている枝、その花は大人の頭に届き、白っぽい化粧しているかのよう、行き来する人が、垂れ下がっている花を避けるようにして見上げながら「天に届くような大きなヤマザクラの木だ、きれいな花も咲いている、葉芽もきれいだね」とつぶやいて眺めている。

ヤマザクラはソメイヨシノの桜と違い、白い花と同時に葉芽も開く、少し赤みがかっている葉芽とのコントラストがまたすばらしい。

ヤマザクラの木の傍に生えている大きなヒノキ、スギはどんどん伸びて行く。

近くの義彦おじさんが「このヒノキ、スギは伐採した方がいいのではないかな、あまりにも大きくなっているので、大風の台風が来ると倒れるよ、家や、桜の木を破損させてしまいそうなので、大丈夫かな、五本もあるので」父親と話している。

政春が生まれたのは、「おみやんわき」の家から三百メートル程離れた祖父母の家、父親の兄弟、姉妹合わせて九人の大家族の中、酒好きで行動的な父親と、おとなしくやさしい母親との間に生まれた男の子である。

一歳年上の恭一と言う伯父さんもいる。二人が遊んでいると、近くの人が「兄弟みたいだね、仲がいいね、何時も一緒に遊んでいるの。年が近いといいね」話かけてくる。

恭一伯父さんはしっかりして、気が強く、強引な所がある、ある日政春と木登りをして遊んでいた。恭一伯父さん「政春その木に登れるか、枝がないので、掴む所がないが、幹に腕を回して、しっかり持って登ると、上まで行けるよ、登ってみなさい」

政春は伯父さんの命令なので、危険を承知で登る、まだ三歳になる前、腕に力がない、木の真ん中あたりまで登ったのだが、すべり落ちてしまった。

真下に木の枝がある、その枝の先が尖っている。

足のふくらはぎに尖っている枝の先が刺さってしまった、大怪我をしてしまったのだ。血が出ている、痛い、政春は、ケガしている所を水でよく洗い、近くにあった布きれで括り、何事もないかのように装う、痛みに堪える。

伯父さんが登れと言ったのだが、人のせいにしたくない、とにかく我慢。そこに居る恭一伯父さんが「大丈夫か、ケガしているようだけど、よく拭いてバイ菌が入らないようにね」

危険を顧みずに登ってしまった、自分が悪いのだ、親から「どうしたの」聞かれた。

政春「枝の先に刺さってしまって、ちょっとかすり傷を負っただけだよ」一ヶ月程で治ったのだが
祖父の家は、あまりにも大家族、両親はやりにくいのか、長男なので、祖父の家を引き継ぐのが筋なのだが、結婚し子供もいる事だし、分家する事になった。そして、神社の傍「おみやんわき」に引っ越して来た。

政春が三歳位の時、まもなく妹が生まれてきたが、翌年難病で幼くして亡くなってしまった。母親の悲しんでいる姿が今でも脳裏に浮かんでくる。その後、弟が生まれる八歳まで一人っ子。

父親と母親の出会いは面白い。まだ戦前の時代、
父親は親戚の紹介で見合いする事になった。二十キロ程離れた隣町の杵築市、川が流れている静かな田園地帯、一面、麦畑の母親の実家へ、父親と祖父二人でお見合いに行った。
その席でお茶を出してくれた可愛い女の人は母親ではなく妹だった、父親はその妹を見初めた。後で父親は知ったのだが、実際の見合いの相手（母親）ではない。

父親の話では座敷で父親と祖父、そして母親の両親が対座し紹介が行われ、見合いの相手（母親）の紹介はなく、世間話をして、会が和んできた頃に、お茶を出しに座敷に現れたのが、べっぴんの母親の妹だった。
母親の親「遠いところから、来て頂きまして有り難うございます」
祖父「今日はお邪魔させて頂き、有り難うございます、近いと思って、歩いて着たのですが、二時間以上かかりました」
母親の妹が、襖を開けて、座敷に入って来た。
母親の妹「失礼します。何も御座いませんが、どうぞお召し上がり下さいませ」丁寧に両手を付いてのお辞儀。
きちんとした身なり、手慣れた接客、まさに遜色はない。
父親「頂きます、このお茶はすこし苦味があって、やや甘みがあり大変おいしいですね、おうちで採れたお茶ですか」
母親の妹「はい、家の裏にお茶畑があり、そこで採れたお茶で御座います」
祖父「お茶の質が違いますね、すごくおいしいです、蒸し方、揉み方、乾燥の仕方も違いますね、習いたいものですね」
母親の父親「一キロ程先の親戚が、広々としたお茶畑を営んでいます、そこでお茶の苗を分けてもらって作ったお茶です、新芽の出具合、お茶摘みの時期、作り方も親戚に教えて貰っています」

祖父「そうですか、ご親戚のお茶畑に行って見たいですね」

母親の妹「どうぞ、ごゆっくりして下さい、では、失礼致します」

丁寧にお辞儀をして部屋から出て行く。

父親は母親の妹が気にいった。父親は帰ってすぐ返事をし、見合いは成立したが、母親はこの席には全く現れていなかった。

父親はすっかり、お茶を出してくれた妹がお見合い相手と思い込んだ。お嫁に来てくれるのを心待ちにしていたが、
しかし結婚式に来たのは一度も会った事の無い姉の方だったのだ。

父親は不思議に思ったのだが、「小さくて、すごくかわいらしいく、あの妹に似ているし、結婚してくれるのだし、まあ、いいか」と思ったようだ。

そのまま結婚式が行われ目出度く結ばれた。断りもできない時代、仕方がなかったとの父親のコメントであるのだが。

母親は父親が、妹の応対したお見合いの席での状況を話している時、気にしていたのか「うん、うんうん」と頷いて応答していた。

式まで父親と母親ともに会った事がない、結婚式での初対面、結婚後村の人達が羨むほど仲が良く睦まじく円満な家庭を築いている。

愛称と言うものは分からないものだ。

「縁は異なるもの味なもの」と言う諺があるが、男女の縁は不思議なものだ、両親を見ていると全く知らなかったとは思えない。普通に会話している。仲も良い。本当に不思議でたまらない。

母親が父親の所へ嫁に行く事を納得していたのかと思うのだが、母親の両親は、父親を気に入っていたようなので、五人兄弟で三人姉妹、その一番年上が母親、年の順番に行くと母親なので、姉の方から先にお嫁に出す事になったのかな。

「母親がお茶を出せばよかったのに、もしかして、母親は妹の対応をふすまの陰で聞いていて、恥ずかしくなり、顔を出さなかったのかな」

「戦時中でもあり、女性にとっては、縁談があれば断れない」

「嫁に行くしかなかったのか」と政春は考えたが。

おしとやかな見合いの席、ほんのりとしたロマンスの気配を感じさせる初対面の中で会う、しかし結婚は会った事もない、まったく知らない同士、ところが人が羨むほど、仲の良いおしどり夫婦になっている。

父親が見合い相手と勘違いした母親の妹は戦後間もなく、熱烈な恋愛結婚で大変な評判となった。勿論恋愛の噂がたつと、母親の両親は猛反対したようだ。母親と全く正反対の出来事。

恋愛相手は、近所の人、軍に招集され、しばらく国内で訓練を受けて、満州に派兵された。終戦後一ヶ月程たって、無事に元気で帰って来た。

「派兵される前から付き合いはしていた」

「親が二人を認めないので、駆け落ちするのではないか」と近所で噂されていたようだが、終戦で帰国後、親が認めたようだ。

戦後間もない時期の恋愛結婚は滅多になく、めずらしい出来事。噂が噂を呼んで遠く離れた政春の村にも聞こえてきた。母親は知っていたらしく、妹が恋愛に苦労していた姿を横目で見て、親に助言していたようだが「二人を認めるような気配はなかった」と言っていた。

妹の結婚式が行われる事になり、父親・母親とも参列する事になった。結婚式はすごく盛大に行われ式の後、村中を馬車に乗って一周、派手な式が行われたとの事。

家は母親の実家のすぐ近く、事ある毎に、実家の面倒を良く見てくれているようだ。

政春は幼少時の折、祖父の家から「おみやんわき」に分家し、また、隣近所が遠く、周りには友達もいなかった。その為、一人で一日のほとんどをヤマザクラの木の傍で、花びらや桜の実、落ち葉や枯れ木を拾い集め、友達のようにヤマザクラの木と遊んでいた。

ヤマザクラの木は幹の根元の所で、数本の枝が四方に分かれ、登りやすく出来ている。幹のデコボコした所が、足の踏み場になり、枝も持ちやすい大きさ、子供でも容易に登る事ができる。

最初に右手で高い枝を掴み左足を根元の枝にかけ、そして、左手でもう一方の枝を掴んで右足を次の枝にかける。それを三〜四回繰り返すと、大きな幹が三か所に分かれて伸びている場所に到達する。地上二メートル位の所である。

その場所で「ドスン」と腰かけると、背中辺りを幹が支えるので、安定し落ち着ける。周りが良く見えて見晴らしもいい。

木の上は四方八方に枝が伸びている、垂れ下がっている枝もあり、その先にはさらに小枝が伸びてきている。昆虫や小鳥たちも、樹液や花の蜜、実などを食べる為に集まってくる。

村の人達は神社の傍にある桜の木なので「神々の使いが授けてくれたのだ」と奉っている。木に登っていると、近所の人が畑仕事で通りかかると、気軽に声をかけてくる。登っている事で誰からも注意された事がない「春日神社の直ぐ隣、神様がすごく近い、特別待遇されているのかな」

政春はヤマザクラの木を見ると自然と登りたくなり、ムズムズしてくる。自分の家の敷地内、誰にも遠慮はいらない、自由に登れる。

「今日も、登って見ようかな」手慣れたものだ、スルスルと登る、何時もの場所に腰かけると、大きく深呼吸、何とも言えない気持ち良さを感じて、満足感いっぱい。

政春にとってはヤマザクラの木が家族同然であるし友達だ。ヤマザクラの木が登って欲しいと願っているようで、お願いされているような気がする。

政春は、ほとんど毎日登るようになっていた。なんとなく引きつけられて行く「こっちにおいで」をしているよう、ヤマザクラの木が招いてくれている、早速登る。

木の上で足をブラブラさせながら座り込む。この場所は家や畑、道路の様子を眺めていられる、見晴らしの良い絶好の場所。

牛小屋では「モーモーモー」、道路下では犬のチビが「ワンワンワン」走り回っている、木の上から見るのはまた格別。空を見上げると何となく雲が近くなったような気がする。

葉っぱが生い茂ってきた晩春、ヤマザクラの木に登っていた時、近くの俊明おじさんが牛の手綱を引いて、牛車に荷物をぎっしりと積み込み、木の下を通っていた。

幹に腰かけて道路を、ぼんやり見ていると、俊彦おじさんや牛車の様子、牛の動作が良く見える。

牛は「モーモーモーモー」大きな声を出し、首を激しく横に振っている。

政春「荷物をいっぱい積んでいるので牛は怒っているのかな、木で作っている牛車は輪の回転が悪いので、力がかかり重たくきついのかな」

「俊明おじさんに使われているのが、気にいらないのかな、道がぬかるんでいるからかな、すぐ先に坂道があるからかな」

牛の様子を木の上から眺めていると、牛の気持ちが、分かるような気がして来た。

突然、俊明おじさんの大きな声がした、

「政春君、小さいのに良く登れたね、回りがよく見えるか、スベリやすいので木から落ちないように気をつけなさいよ」心配しているようだ。

「有難う、良く見えるよ、俊明おじさんも気をつけてね」

「ガラーガラ、キイキイキイー、ガラーガラ・・」牛車の軋む音がする。すぐ先の角を回って見えなくなった「モーモーモーモー」牛の声だけが遠吠えのように聞こえてくる。

俊明おじさんの田圃や畑は、この道沿いで、およそ一キロ位先の所にある、広い畑と田圃が点在している。小さな小屋もあり、田植えの時期も近いので、肥料など小屋まで運んでいるのだろう。今度は隣の幸江おばちゃんが、通りかかった。カゴに草取り用の鎌を入れ、野菜の苗と肥料を片手に歩いている。

こちらを向いて声をかけて来た「何時も登っているのね、良く回りが見えていいね、木には虫がいるから噛まれないように気を付けてよ、おばちゃんは、裏の畑に草取りに行くところ、草が伸びているからね」

「おばちゃん、心配してくれて有難う、草取った後に野菜も植えるの、腰を痛めないよう、ケガしないようにしてよ」

「裏の畑は草がいっぱい生えているからね、ナス、トマト、キュウリを植えに行くのよ、実がたくさん出来るように、肥料も撒いておかないとね」

上を見上げると葉っぱや枝の隙間から太陽や雲がかすかに覗いている。地上の景色も一緒に見られる誰にも邪魔されない、色々な思いを描く事も出来る、片膝を立てて、顎を手で支え、膝の上に肘を充てている。どこかで見た光景、ヤマザクラの木の上で子供の「考える葦」となっている。

自分にとっての最高の居場所、この木に暇さえあれば登っている。

一人で物思いにふけっていられる場所「両親や牛、犬のチビ、畑の事、友達、学校、将来の自分」たくさん考える事がある。

木に何回も登っていると、登り方がうまくなってきた。木の幹のデコボコした所を使い、枝を利用し簡単にスルスルと登るのである。サルのような感覚を味わう木登りの醍醐味だ。

近くにあるカシの木にも登って見たが、大きな幹から四方八方に枝が出ている、枝はたくさんの緑の葉っぱで覆われ、見通しが悪く、周りの家々や畑や道路まして太陽や雲は全く見えない。大きな木の為、手や足の支えになる手頃の枝が少なく登りにくい、木の下は竹藪、竹が枯れて倒れている。落ちると大けがをしそうで、危険そうな木だ。

ヤマザクラの木の方が安全で登りやすく眺めもいい。

ヤマモモの木も近くにある、登って熟れた、たくさんの実をカゴ一杯に採る。良く熟れているものから洗って、その場ですぐ食べる。間食に丁度いい、腹が空いているので最高。家の近くに数本生えているので、その時期は食べ放題、実を洗う為に、小さなバケツに水を入れて持って行く。

母親「ヤマモモの実には虫がついている事もあるので、良く見て、拭いてから食べなさいよ、この時期、腹をこわす事があるので、しっかり水洗いしなさいよ」

たくさん取ってきたので、保存用として、母親がヤマモモのジャムを作っている。

ヤマモモを水で洗って、水気を拭き取った後。鍋にヤマモモを入れ、水を注ぎ火にかけ、柔らかくなったら湯を捨て、種をとる。

そして砂糖と夏ミカンの汁を加え、もう一度火にかけ、箸でまぜて粘状にして、ビンに入れ保存する二週間位は保存できる。

小麦粉を練って、伸ばし丸めてセイロで蒸してダンゴ餅を作り、それに保存しているジャムを付けて食べる。

また、お菓子の代わりとして、皿に取り出し、スプーンで食べる。口元が紫色に染まり、食いしん坊の口元、母親から「口の回りを水で綺麗に洗って、タオルで顔を拭きなさい、みっともない恰好しないように、鏡で顔を確認しときなさい」注意された。

夏みかんもジャムを作っておやつ代わりにする。夏みかんの皮をむき、実を取り出す、鍋に、取り出した実と砂糖を加え、グツグツ煮詰める。

三十分程かきまでながら加熱すると、とろみが付いてくる。火からおろし、冷やして出来上がり、しかし、砂糖は貴重品なので、少ししか使えない。親からは厳しく量を制限されていた。夏ミカンやヤマモモは豊富にとれるのだが、ジャムは砂糖がたくさん要るので、あまり作らせてくれず、もっぱら、水洗いをした後、直に食べていた。

政春は村の子ども達の中でも木登りの名人である。良く日に焼けて顔は黒々として、目だけがキョロキョロ動いている。

毎日外に出て、木に登っているので、村の中では、木登りぼん（少年）と言うあだ名が付けられていた。ちなみに、少女はこの地域の方言で（びこ）とよんでいる。

政春は何ともいえない木の魅力に取り憑かれついつい登ってしまう。

「そう言われても仕方がないか」自分でも納得していたのである。

葉や幹に直接、接していると新鮮な香りを身近に捉えられ、ひときわ心のときめき感を感じながら木の上から眺めている。

人や牛、犬のチビは小さく見えるが、畑は逆に広々としている。別世界から見ているような気分、友達に「一緒に登ろう」と言ったのだが、木登りが好きではなさそうだ。

誰も「登りたい」と言わない。

春になりヤマザクラの花満開の時期になると木の回りでは、露で濡れたような、しっとりとした新鮮で甘い花の香りが漂ってくる。また幹から、枝の芽が今か今かと出ようとしている。

辺り一面、花と独特の樹の匂い、まさに春の匂いだ。高い所の枝がそよそよと揺れている、満開の花びらが「ヒラリヒラリ」と一輪また一輪と舞い落ちている。

政春はこの様子を木の上からも地上からも眺められ桜の花の乱舞が楽しめる、何とも言えない贅沢感を覚えるのだ。

他の子供達や村の大人達にも、このヤマザクラの木に登って、幹や花の香りをいっぱいに吸い込んで木登りの醍醐味を感じてもらいたい。

春日神社もすぐ近く、木の上は神様に近づいている。

「幸せなひとときが末永く続きますように、住んでいる村は穏やかで安心して暮らしていけますように食べる物は豊作、災害などは起こらないように」とお願いすれば良いのにと思う。

曲がりくねっている枝、まっすぐに伸びている枝、垂れ下がっている枝、それぞれの方向を向いて伸びている枝にも花がいっぱいに咲いている。枝にも個性があるのだろう。成長の仕方や育ち方がそれぞれ、初春ならではの満開の光景だ。

太陽のあたり方、雨や雪のあたり方、風の当たり方も向きや高さ、葉っぱの大きさによって違ってくるのだろう、それぞれの枝にも個性ができてくるのだ。

ヤマザクラの木に登っている政春は、幹にもたれ足を伸ばし、体の力を抜いて、木の上でぼんやりと回りを眺め、色んな事を思い描き、自分の世界に閉じこもっている。

地上では放し飼いにしている犬の「チビ」が、耕している畑の中で元気よく走り回っている。土の中に鼻を突っ込み「クンクンクン」右足は土をほじくり、においを嗅いでいる「何か虫かミミズでもいるのかな、戯れているようだが」

両親が伸びている草を鎌で刈り取り、鍬で畑の草取りをしている。それが終わると、乾燥させた牛の糞や腐りかけた枯れ葉を畑に撒き、二週間位寝かしておく。

その後、牛を使って畑を鋤き、土を興して野菜の苗を植えていく。

「今年は何を植えるのだろうか、キュウリ、トマト、そば、エンドウ、ナス、ダイコン、ピーマン、ショウガ？」想像するのが楽しい。

突然大きな母親の声がした「政春そんな所に登っていないで早く降りて来なさい、草や枯草の片づけをしておくれ」

「はい」政春は突然目が覚めたように、座っていた幹のあたりから急いですべり下りる。

木の傍に落ちている花の絨毯をソロリと踏みしめる「靴で踏み汚すのはもったいないな、白い絨毯がぐちゃぐちゃになりそうだ」チビはおかまいなし、走って迎えに来ている「こちらへ来るな、落ち花を踏むな、綺麗な花びらが無茶苦茶になる」と叫ぶのだが。

母親の指示に従って、耕し終わった畑から草を集めると、牛小屋まで運ぶ。青々とした雑草は牛には好物で、枯草も廃棄にはしない、寒い時期の餌とする。

捨てるものは何もないのである。

片付けが終わった後、母親から「あのヤマザクラの木は、すべりやすく枝が折れやすい、高い所までは登らないように、落ちないよう気を付けなさい、たまにヘビが登っている時もある、虫もいるのでよく確認して、注意して登りなさい、木を傷つけないよう大事に扱いなさい」と言われていた。

今の政春にとって、ヤマザクラの木は友達かそれ以上だ。

「このヤマザクラの木は、分からない何かを自分に教えてくれている、大事に扱えば困った時には助けてくれそう、自分に寄り添ってくれているようで、いつも見守ってくれているようだ、神社が直ぐ近く神殿の屋根が登ると良く見える。願い事も叶えてくれそう」そんなヤマザクラの魅力を感じている。

登りたい衝動が、抑えられなくなり、誘惑にかられたかのように親の畑仕事を横目に登っていた。家や庭、両親の姿やチビの走り回っている姿を、木の上から見ていたいのだ。

木登りを繰り返している内に、親も最初は心配そうな顔をして「気をつけろよ」と言っていたのだがヤマザクラの木が好きなのが分かったらしく、何も言わなくなった。

政春は木の上から、両親の農作業している姿を見ながら、今からの自分、また大人になった自分はどうなっているのだろうか、友達はこの村に住み農業しているのだろうか「ふっと」考えてしまう。

「学校に行くようになると、どんな勉強をするのかな、新しい友達はできるのだろうか、大人になった自分は、家庭を持っているのだろうか、田圃や畑仕事、野良仕事など、親の後継ぎで農業をしているのだろうか、それとも別の道を歩いているのかな」木の上の、考える葦として静かに思いを描き、心のゆとりを与えてくれる、大好きな「おみやんわき」のヤマザクラの木なのだ。

生まれてきた境遇は自分では選べないが勉強する事によって、知識を増やす事はできる。これからの人生、自ら考え行動し基礎を築いて行かなければならない境遇は、皆同じ。

自分自身の言動や行動に責任を持ち、家庭や学校・社会に対し義務を果たして貢献していく。

「当たり前と思われる事が自覚できる人間に成長できるのだろうか、そのような事に気付くのは、何歳頃になるのだろうか、それとも、このまま全く気付かずに人生を歩いて行くのだろうか、自分自身の未来図を描いていけるのだろうか」

木の上から見る風景のちょっとした視点の違いで、頭の中がグルグルと回転してくる。

政春の未来の世界を考えるのは、政春本人しかいない。両親は後継者と考えているようなのだが。

ヤマザクラの木は何にもしゃべらない。

しかし、政春には何時も話しかけてくれているような、すぐ近くにいるような、頼りになる兄貴のような気がする。

落ち着いて、ゆったりとしているように見えるヤマザクラの木は、政春が子供から大人へと成長していく過程を静かにじっと見守っている。

この村は海や山に囲まれ、のどかな自然に囲まれた場所、遊びも豊富。

陸の遊びでは山中の探検、木登り、カブトムシの採集、小鳥探し、鳥篭作り、アケビ採り、野生のグミ、イチゴ採り、凧揚げ、友達とのチャンバラごっこ、ゴムボールでの野球、けんけん飛び、かけっこなどなど。

カブトムシは甘い樹液を出しているクヌギの木に、何匹も群がっている事もあるが、しかしそこには大きなダンゴロ蜂（オオスズメ蜂）も数匹いて、樹液を吸っている事がある。攻撃的な蜂なので人を襲ってきて刺しに来る。回りを注視、蜂独特の「ブーン、ブーン、ブーン」羽の音がしていないか木に止っていないのか、確認して近づいていく。

父親から「刺されて亡くなった子供がいるから気をつけろよ」と言われている。

日によってはカブトムシの雄、雌、クワガタ、十匹程度いる時も、取ってカブトムシ籠に入れ、友達に数匹ずつ渡し、飼ってもらう時もある。

近くの小枝が一面に広がっている山に、小鳥探しにでかける。主にメジロを探すのだが、メジロは集団で群れを作って移動するので探しやすい。また、さわやかな鳴き声を発し「ピューチュルル　ピューチュルル」「チーチーチー」の声に引き寄せられる。

人に気づくと逃げるので注意して寄って行く。黄緑色の羽がスマートな鳥で、海に面した岸壁（ホキ）の椿の木に良く止まって、花の汁を吸っている、家の近くの梅の木にも来ている時もある。

何時も頭を動かして、口先は木の実や花の汁を食べている。キョロキョロキョロ、目の回りは白く丸い輪があり、かわいい独特のメジロの目をしている。木陰から、静かに観察していると、鳴き声にも意味があるのか、近くの木に集団で次々と移動していく、今まで聞こえていた鳴き声が、いつの間にか聞こえなくなり、静かな山村に変わる。

海や池での遊びは、鮒釣り、浜辺の探索、磯釣り、タニシ獲り、ドジョウ掬い、貝掘り、素潜り、海藻採り、その中で特に釣りが楽しい。

漁師をしている友達のお父さんが、舟を櫓で漕いで沖釣りに連れていってくれた。

小さい舟なので少しの波でもよく揺れ、釣り竿を垂らすのに安定しない、足や腰に力を入れなければならないので釣り方が難しい、海に落ちそうだ。

何匹か釣れたが一度行ったきり、何度か誘われたのだが、危険を感じるので次回から断った。風の無い日でも沖合に大きな船が通ると、大きな波がやってきて無茶苦茶に揺れる。釣りどころではない体を保つのが精いっぱい。

この時の沖合での舟釣りでは、イワシ、アジ、サバ、ギザミ等が釣れていた。イワシは煮つけがおいしい。ギザミは焼いて塩をふりかける。

磯釣りでも良く釣れるので、危険な舟から岩場へ釣り場所を変更。

政春は両親が釣りたての魚を、喜んで食べるので、好んで釣りに出かける。

ワカメは海岸の波が良く打ち寄せる浜辺に打上げられていて、それを拾って取り、海で良く洗ってから籠に入れ、帰ってから良く水洗いをし、二日程、竿にかけ日陰で干し乾燥させ、保存できる状態にして涼しい場所に置く。

母親がキュウリとワカメの酢の物、ワカメ入りのみそ汁を作って、夕食に出してくれる。酢は保存している夏ミカンやカボスを絞ったものを利用、市販の酢を買うことはない、自家製である。

冬場の遊びは、近くの同じ年ごろの子供たちと駒回しカルタ取り、パッチン（札を手で打ち付けひっくり返せば自分のものになる）雪が積もると雪合戦。家の中では隠れん坊、野球ゲーム、相撲等、野球は軟式テニスのボールを使う、キャッチャーはいないので投げる度に草むらへ入る、その為、ホームベースの後ろにむしろを張っている、後ろに逸れないようにキャッチャー代わりとなる。

政春はホームランを良く打つが、ボールが森の中へ入ってしまい、探すのに一苦労。

春になるとタケノコ掘り、竹の竿作り、ワラビ取り、フキ採取、山桃採り、季節によって毎日の遊び方が違っている。村中を友達と楽しく走り回る。思う存分に豊かな自然の中で、のびのびと、一日中、外での遊びに夢中になっている。

庭先に母親が、サツキの木を数本植えた。春、満開の時期、黄や赤、白の花が咲き、緑色した麦畑とのコントラストが美しい。

そして（おみやんわき）の家は賑やかになる。近所の人達や父親の兄弟達が、集まってくる。お酒やつまみは持参。母親がタケノコ、フキの煮物を料理して出している。縁側の良く見える場所に皆で集まって、楽しいそうだ、大人の娯楽だろうな。

サツキを眺めていた伸一伯父さんが「このサツキは自然に生えてきたの、自分の庭先にも植えてみたいな、どうだろうかな」聞いている。

母親「隣村の、杵築の実家に生えていた苗を分けてもらって、持って来てもらったのだが、この木の苗を分けてもいいですよ」

「有難う、是非お願いします」

母親が花の色の違う、それぞれのサツキの木からはみ出している脇の方からの根を、切り取っていく切り取った根を土ごと新聞紙に包み丸めてヒモで括り、帰り際に渡している。

伸一伯父さん「家の庭、犬小屋の横が空き地となっている、そこに植えよう、綺麗な花が咲いてくれますように」

「二」　小学校入学

政春は六歳になり、小学校へ入学することになった。入学式は母親と学校まで歩いての登校、通学路の途中の道は舗装していない、靴はゴム靴、足下は悪い。途中、下りの坂道で少し窪んでいる穴に嵌り転んだが、幸いケガはなく服も汚れずに済んだ。

学校まで歩いての登校はきつい、家から学校まで5キロ近い距離がある。子供の足で片道2時間近い途中に丸尾の坂があり、細く曲がりくねった、長い石ころだらけの坂道である。

転ばないように石コロを避けて歩かなければならない。

政春「お母さん学校は遠いね、足が疲れて棒のようになってくるよ」

母親「ここに住んでいる子供達、皆歩いて登校しているよ、そのうち慣れて、足も軽くなるから、頑張りなさい」

雨が降ると、滝のように上流や崖の方から水が流れてくるのだ、そして石ころも流れてくる、足を取られそうになる、水に巻き込まれないように、流れの弱い場所を見つけて石コロを避けながら歩かなければ危険だ、気を付けながら、ゆっくりゆっくりと歩く。

小学校低学年の時代、政春家の主食は麦ごはん、おかずは漬物と季節の野菜の煮物、味噌汁、野菜中心である。動物性のタンパク質は釣りで獲った魚、日頃、動物性タンパク質を摂ることは無い。栄養状態はあまり良くない。その上、学校までは長距離であり、子供の体力や気力にも限界がある。

授業が終わり帰路につくが、家に帰り着く頃にはクタクタに疲れて、ぐったりしている。毎日が辛く厳しいものであったが、病気やケガも無く休む事はない。

母親が言っていたが、村の子供達、ほとんどそうであり、辛抱強いのだ。

学校からの帰り道、先輩「坂を下りた所にある、郵便局まで走って帰ろうか、誰が速いか競争しないか、二キロぐらい先だ。

低学年で余力のない政春は「ゆっくり歩いて帰るので先に帰ってもいいですよ」あっと言う間にいなくなった「先輩はすごいな、石コロがゴロゴロしている道、窪みもある道なのに、走っている姿が格好いいなもう見えなくなった、早く大きくなって、どんな道でも走れるようになりたいな」

政春家の畑は水分を良く含む黒土であり、根野菜が良く採れる。ダイコン、ゴボウ、ニンジン、ジャガイモ、タマネギ、さつま芋、ショウガ、毎年豊作。

その為、冬に備え根野菜を吉四六漬けの保存食にして一段と美味しく仕上げていく、漬け込む味噌は母親が嫁入り道具で持参した年期もの、大事にしている、風通しの良い納屋で保存し、たまに母親が混ぜている。納屋に入ると味噌の香りが漂っている「いい匂い、この匂いを嗅ぐと腹が減ってくるな」納屋に入ると食欲が沸いてくる。

冬場のさつま芋の保存は、寒くなり始めた時分、空き地に一メートル程度の穴を掘る。穴の中に藁を敷いて、土の水分が上がって来ないようにする、その藁の上に芋を入れる、その上から再度藁で覆い、またその上に芋を入れ、さらに藁で覆う、そして上から土を被せる。たまに腐っているものが出てくる早めに取り除かなければ、他の良い芋も腐って行く。

このような保存方法なので、味は甘みや水分がやや抜けてくる、堀たてよりは、味は落ち、パサパサして、違ってくるのだが、ほぼ冬中は保存可能、冬の食料にはかかせない。

また、ゴボウの保存は、五十センチほど掘った穴に、堀たてのゴボウ、数十本を束にして藁と一緒に括りつけ、そのまま掘った穴の中に寝かして入れる。そのまま、葉っぱが地上に出るようにして、土を被せておく、これは腐らないように、定期的に掘り返し、藁を変えてまた埋めておく。

春が近くなり、やや暖かくなってくると、ゴボウが土の栄養分を吸って芽が出て来る、芽が出てくると、中身がカスカスになり、味がなくなってしまうので、その前に掘り起こし食べてしまう。

ダイコンの保存は、葉を少し残して切り取り、そのまま土を少し被せて畑に植えたままにしておく土から出ている所は、栄養分がなくなってしまい、ほとんど食料にはならないが、土に埋まっている根っこ部分は、おいしく食べられる。

寒さが和らぐ時期、三月初旬頃までは食べられる、冷蔵庫の無い時代、根野菜の保存方法として、村の家庭では、この方法が一般的に行われていた。

ヤマザクラの葉っぱが青々としている初夏、植えているダイコンが毎年良く出来るので、その大根を煮物や、すりダイコンにする。特に春ダイコンは根っこの方が辛いので、すりダイコンにすると子供には食べづらいが、父親は辛い所が大好きのようで、酒のつまみにしている。

ダイコンは秋にも採れるので、保存食用として、漬物や千切り大根にしておくと、冬場の食料となる。漬物は、良く水洗いをして、水気をとって、天気の良い日に一週間程度外で干して、乾燥させておき、大根がしんなりして来ると、塩を振りかけ、色子を加えて、ヌカ樽に漬け込む。蓋をして、その上から重石をする。

千切り大根を作るのは、政春の役目。大根を水でよく洗ってから、スライサーで細かくそぎ落し、竹ザルに入れて三日程天日干しにする。乾くと袋に包み保存しておく。

たくさん作って、隣の幸江おばさんや、牛飼いの直樹おじさんへお裾分けで持って行く、手間がかかり面倒なので、隣近所の家庭ではあまり作っていない。

幸江おばさん「毎年作っているのね、たくさん頂いて有難う、おいしく頂いているよ」喜んで声をかけてくれるのが、政春にとってはうれしい。

ショウガも良く出来る。ただ、連作はできないので、毎年植える場所を設定する。植えていた場所には、小さな竹竿に札を付け、植えた年月日を記入したものを見えるように立てておく。

次の年に、その場所に植えても出来が悪いので、四～五年放置するか、別種の苗を植えなければならない。

母親は子供の食生活の事について、よく考えていた「麦ごはんは体に良いからね、決まった時間に三食きちんと食べて、弁当は残してはいけないよ、夕食は腹八分位までに抑えなさい、野菜や水分をしっかり摂って、十時間位は寝ないといけないよ」耳が痛くなる程聞かされていた。

政春は学校から帰宅すると、犬のチビが待っている、牛もこちらを向いて頭を振っている。

「チビただいま、今帰って来たよ」

「クンクンクンクン、ワンワンワン」しっぽを振りながら、顔を寄せて来る。

チビの頭と首のあたりを撫でると、チビはたまらずに前足を上げて寄ってくる。カバンを土間に放り投げ「帰ってきたよ、待ち遠しかったかな」挨拶を交わした後、釜のご飯を注ぎ、チビ用の茶碗に入れる、食べ終わるのを待って、一緒に家の回りを散歩、今日は首輪にヒモを付けて歩く。

チビはすぐ走ろうとするので、ヒモを引っ張りながら「待て、待て、走るな、ゆっくり歩こうよ」と声をかけるのだがそれでも元気が良い、グイグイと引っ張って行く「バッタがいるのか、捕まえようと思って飛びかかるが、バッタはすぐ飛んでいく、力があるな、そんなに引っ張るな、どこへ行くつもりだ」

散歩から戻って、チビを犬小屋に入れ「おとなしくしていろよ、よしよし」落ち着いてきたのを見計らって、牛小屋に向かい、牛に与える餌の準備にとりかかる。

餌箱に牛の頭が覗く「モーモーモーモー」餌を要求している、今か今かと待っているようだ。

稲藁と刈り取って保存している草を食べやすいように、藁きり包丁で細かく刻み餌箱に入れ、飲み水を容器に入れる。牛はおいしそうに、口を動かし「モグモグモグ」食べている。

頭を撫でると顔をこちらへ向けてきた、涙腺が緩いのか目に涙が溜まっているようだ「よしよし」頭を撫でると、うれしいのか「モアーモアーモアー」やさしそうな声を出し喜んでいる表情。

政春は親から言いつかっている役目を果たし、農作業からの両親の帰りを待つ。

田圃や畑は一キロ程先、作業が終わって鍬や鎌を抱えて帰ってくるのだが疲れているようだ。

畑に向かうのに父親は、自転車に荷物を積んでいくが、母親はカゴを持って歩いていく。帰りは自転車なので、父親の方が早く帰ってくる。

母親は、ぼとぼと歩いて帰ってくるが「疲れないのかな、ちょいと心配だな」

ほぼ毎日両親とも暗くなる頃まで帰って来ない、政春は、お腹が空いている、待ち遠しい。

政春は風呂沸かしの役目もしているが、この村には水道はなく、まだまだインフラは整ってなく水は井戸から汲み上げて風呂釜へ入れる。

井戸の真上には滑車が取り付けられている。二個の「つるべ」と呼ぶ水汲み用桶に、滑車のヒモを括り付け、交互に吊り上げて水を汲みあげる。所謂つるべ井戸だ。

滑車が錆びついている「ギィーギィーギィー」鋭い音がしている。二百メートル程離れている隣の家も、つるべ井戸、同じように錆びついているようだ、ギィーギィー、水汲みの音が聞こえてくる水汲みの時間は隣も、ほぼ、同じ時間だ。

風呂釜に入れる水汲みが大変だ。バケツ一杯ずつ、いっぱいにして風呂場に運び釜に入れていく、いっぱい入っているバケツは重たい、それを五杯程入れると、釜の水は三分の二程度になる、そこまで入れないといけない、そして一杯分を洗い場に置く。

バケツの水を運び釜に入れる作業は、子供にとっては大変な重労働、重たいが頑張って運ぶ。

風呂は五右衛門風呂である、燃料は薪、なかなか火が付かず燃え方が広がらない。その為、裏山の落ち葉をミ（手箕）で拾い集めてきて、竈にくべ、その上に小枝を乗せる。燃え方を広げるため火起こし棒を使う。

火起こし棒は節ごとに切った竹を使っている、片方の節は完全に切り取ってしまう。もう一方の節は小さな穴を開ける、節の無い大きな穴の方に口をあて、深呼吸して、肺に空気を溜め、思い切り竈の中に吹き込むと、落ち葉が燃え広がる。

竈の中では、一気に風と空気が入り込むので燃え上がってくる。

何時も火を起こしていると、火起こしが上手くなった。

父親「もう、火が付いたのか、上手くなっているね、風呂沸かしは頼むよ」

火起こし棒を竈の奥まで突っ込むと、竈の火が火起こし棒の先の方につき、真黒く焦げ穴が開く、吹き込むと空気が漏れ出すので、使い物にならなくなる。何個か作っておいて頻繁に交換する。

燃え上がった炎の上に薪を十字に重ね、竈いっぱいに、ゴーゴーと燃やしていく。竹も良く燃えるがしかし節が破裂して「バチンーバチンー」と爆発し、火の粉が竈の外へ飛び出してきて危ない。竹をくべる時は、竹に穴を開けるか、小さく節の無い状態に切っておく。

風呂の湯は沸くまでに時間がかかるだろうと思っていたのだが、次々ワレキや小枝をくべていくので燃え方が激しく、沸くのが早い、炊きすぎて湯が熱くなる事がある。

母親「ちょっと薪を入れすぎて竈に火が燃え上がっているよ、ちょっと焚きすぎ、釜の湯加減を確認しながら、沸かしなさい」と注意された。

釜が剥き出しの鉄板となっているので、直接鉄板に熱が伝わり二十分程、燃やせばいい。また竈に火が消えても、残存の熱い炭でさらに熱くなり自然と沸いてくる。

政春は毎日、風呂沸かしをまかされている。雨の日や風の強い日もある。竈には、四方に穴の開いた蓋がついていて、風の強い日には閉めて炊く、その為、風で火が飛び散る事もない。雨の日も濡れる事がなく便利だ。ただ雨の日は、薪をくべる政春にカッパが必要だが。

薪の炭は貴重だ、冬場の暖房となっている火鉢の燃料となる。燃え残っている炭を、熱いうちにジュウノウで竈の外にかき出し、しばらく冷やし、その後、「けっすみ」を作る為、火箸で鋳物の入れ物にいれ、空気が入らないように蓋をする。

冬場に備えて「けっすみ」の入った鋳物を五個程作って保存しておく。燃えかすが残っていると、火鉢に火を起こしたとき火が跳ねるので、木の残りがあるような、けっすみは取り除き、良く選別して鋳物に入れる。

両親が帰ってきた「政春、風呂は沸かしたかな、沸いていれば入りなさい」母親の声がした。

一番風呂に入るのだが、湯の温度は調整されてないので、湯加減が難しい、余熱などで、何時も熱い湯になっている事が多い。予備の為に、洗い場に用意しているバケツの水を入れて調節する。

やや温めの温度にして風呂に浸かるが、風呂釜が外側、内側とも剥き出しの鉄板となっているので鉄に触れると熱い。

政春は釜に浸かろうとして、足に釜の鉄板が触れた「ウワー、熱い、熱いー」大声を出し飛び上がった。痛いような熱さ、風呂の湯の中からすぐ上がって、洗い場で触れた所に水をかける、火傷はしていなかったが、母親が「大丈夫か、火傷はしてないか」心配して声をかけてきた。

父親から五右衛門風呂の由来を聞いていた。たまに両親の言う事を聞かない事もあったが、五右衛門のように「盗賊」でもないのに「釜ゆでの刑」にされてはかなわない。

鉄板に触らないように、風呂の入り方も難しい、注意が必要だ。

両親からは「温度はやや温めにして底板を足でグット踏み込み、足から外れないように押さえつけるように湯に浸かる事、底板の大きさ程度に体をまるめて、できるだけ体を動かさないように、鉄板には触らないように気をつけて入りなさい」風呂の入り方も教わっていた。

窮屈な体制である。ゆっくりと手足や腰を伸ばして体を休ませているような情況ではない。

すぐに洗い場に上がり、タオルに石鹸を沁み込ませ体を拭く。

その間に熱くなってきているので、バケツの水を風呂に入れ洗い桶でかき混ぜ調整し、手で温度を確認し、鉄板に触らないようにゆっくり入り、もう一度浸かる。

風呂釜の下の方から、熱い湯が上がってきている。段々と熱くなってくる、長くは浸かっていられない、風呂に入るのも一苦労。

その後、両親が入るのだが、時間がたっているので火も消え、湯がぬるくなっている「政春、風呂の火を焚いて」暗闇の中から親の声が飛んで来た。早速、竈の側に行き、炊く準備を始める。

まず落ち葉を竈に入れる、炭が少し残っているので、火起こし棒で吹くと、すぐに火が付く、小枝をその上に乗せると燃え上がってくるので、薪を二～三本その上に乗せて、そのままほっとくと自然と湯が沸いてくる。沸きすぎないように気を付ける。

学校への登校は近くの友達三人で、朝早くから出かける。

出る前に犬のチビに「おはようー」と挨拶をして餌をやり出かけるのが、日課。

朝ご飯の残り、味噌汁の残りを混ぜて茶碗に入れ、水をおわんに入れる「チビ、よしーよしー」頭をなでると、チビはうれしいのかペロペロと手を舐めてくる。

「クンクンクンクン」言いつつ鼻を動かし、おいしそうに食べる姿が何とも可愛らしい、チビの為に特別な餌を用意する程、恵まれてはいない、政春の食事と同じもの、粗末なものだ。

政春はランドセルを肩にかけ、気合を入れ「チビ、行って来るよ」と前を向き、登校班が待っている場所へと急いで行く。しっかりとした足どりで歩き始めるのだが。

学校までの道は、入学式で母親と歩いた、石ころの道、登り坂、下り坂、山道あり、母親は「石ころや窪地が多いので、躓かないよう地面をしかり見て、あわてずゆっくり歩きなさい」と言っていたのだが、学校が近くなる頃には足の力が無くなってくる。

お年寄りが歩いているかのように腰を屈めて下を向き地面を見ながらトボトボと歩くようになって行く。母親が歩き方を言っていたのだが、思い出す余裕すらない。学校に着いたら「ヤレヤレ」階段に座り込む。

校門の入り口付近にある水道の蛇口を上に向け水を一気に飲む、顔や服に水がかかった。手でパタパタと叩いて落とし、タオルを四分割したハンカチで拭きとり、腰を曲げしゃがみ込んで、靴を上履きに履き替える。

足が疲れているのか、そのまま座り込みそうだ。一緒に登校している同級生も同じようだ、腰を屈めて何とか姿勢を保っている。

学校での朝一番の行事はラジオ体操だ。

椅子から立ち上がり机の横に出て、音楽に合わせる「腕を前から上にあげて、大きく背伸びの運動から一、二、三！！」最初の動きは、にぶく、ぎこちないが、体が徐々に動くようになってきた。体操が終わる頃には、疲れきっている体も、元通り元気に動くようになっている。

授業中は先生の方をしっかり向いて聞いている。

体操の時間が来た。「運動場に出なさい」先生の声
「今日はフォークダンスとジェンカをする、男の子、女の子交互に並びなさい、横と手を繋いで、ステップしながら輪を縮めて、広がって、大波小波、そのまま座って、立って」フォークダンスは唯一女の子と手を繋げる体操、楽しい時間。

顔を赤らめている女の子がいる、こちらの方を振り向いてニコリと笑っている、かわいらしい女の子もいる。

「今度はジェンカをする。交互に縦一列になりなさい、肩に手をかけて、右足を前に出して、左足を左斜めに出して、戻して、今度は両足を揃えて、膝を緩めて前へジャンプ、後ろへジャンプ、乱暴に飛び跳ねないようしなさい」体格の良い子が先頭のリーダーになる。

政春は大人しくまじめで優しい性格だ。友達も多く、先生に良く充てられている子や、遊び好きでやんちゃな子達ともほとんどの子供達と仲良しだ。

休み時間になると教室の中がワイワイガヤガヤと、子供達は夢中に飛び回っている。

中には、いじわるの子もいる。机の下に鉛筆、消しゴムを隠し探させている。先生に見つかった、きつく怒られている。悪気はなかったようだ。反省しているのかもしれない、ショボンとしている。怒られているのは、ほとんど決まった男の子、意地悪が楽しいのか、忘れた頃には始まっている。先生にも悪いことをする子がいた、チョーク消しをドアに挟んでいる。開けると頭の上に落ちてくる仕組みだ。先生が来た、さすがにこの程度の悪巧みは織り込み済みか、挟んでいるチョーク消しを、右手で掴んで取り外しドアを開ける。顔色一つ変えていない。

先生「さあ、授業を始める」　当番「規律、礼、着席」まったく動揺していない。「さすが、信用できる先生、堂々としている」ますます尊敬の念が沸く。

同じクラスの友達、明君の家が学校と政春の家との間にある。授業が終わり帰校になると、五人の班で帰るのだが、途中から明君と二人となる。道中、仲良く二人で草花を採集して帰る時もあり、道端に生えている細竹を折って杖代わりにして、おじいちゃんの真似をしたり、丸い石ころを選んで足で蹴って、ころがして帰る時もあったりと、楽しく一緒に帰っていた。

明君の家は政春の家との距離の半分ぐらいの所にある。明君のお母さんは優しい人だ。

たまに、お菓子を頂くこともある「政春君、お腹が空いているだろうに、少しだけど食べてね、帰り道は気を付けて転ばないようにね、足元が悪いからね」と言って数個頂くのだ。

政春「おばちゃん有難う、頂きます」
腹が減っているのですごくおいしい。幸せな帰り道、一個一個大事そうにお菓子の包みを破り、食べていく。ゴミはポケットにしまい、帰って捨てる。
まだ半分程の距離「遠い、遠い、気が遠くなりそうだ」ポト、ポト一人で帰っていると、先輩が追いついて来た。歩くのが速い「先に帰るよ」
「はい、良いですよ、一人で帰るから」
またポケットから飴を取り出し、食べ始める。洗濯中、着替えたズボンのポケットからお菓子のゴミが出て来た。
母親が「お菓子の袋が、ポケットから出てきたが、これどうしたの」
政春「学校からの帰りに、明君のおばちゃんに貰ったのだよ」
母親「よかったね、ちゃんとお礼は言ったの、今度、授業参観であった時に、おばちゃんに、お礼は言っとくから」随分、気を遣っているようだ。

昭和二十年代、この辺りの学校は給食が行われていない、子供達は、家から、弁当を持参しなければならない。親たちは、朝早くから起きて、子供達の弁当を作り、持たしている。

キーンコン　カーンコン、四時間目が終わった、政春にとっては、全くうれしくないお昼休みがやってきた、お弁当の時間が来たのだ。

明君の弁当を見ると、お米のご飯が一段目、卵焼き、かまぼこ、肉の炒め物、野菜類等が二段目、整理され弁当箱に詰まっている。

他の子供達の弁当は、ほとんどが一段目の一箱だけだが、おかずは卵焼き、肉の炒め物や煮物などの野菜類が添えられ、ご飯とおかずの仕切りもしている。

政春の弁当箱は一段だけのアルミ製、戦時中使用していた祖父の弁当箱、色あせて所々アルミ箔がはがれている。友達に気づかれないよう、手や腕で覆い隠しながら、そっと食べている。

弁当箱の中は、麦ご飯、おかずは漬物が主で、梅干一個が、ご飯の真ん中にポツント添えられている弁当箱を空けるとタクアンの匂いが辺り一面を覆う。ご飯とおかずの仕切りもなく、麦ご飯の色がタクアンの色子で、黄色くなっている。

友達に見られるのがはずかしい。

明君の弁当のようにお米のご飯でおかずはきれいに盛り付けされている二段重ねの弁当ではない。

周りの席の友達のように、お米ご飯ではない。

「明君のような弁当を食べたいな、夢でもいい、食べてみたいな」

政春は小学校低学年、貧乏など感じる年頃でもなかったが、恥ずかしさで、涙がかすかに浮かんでくる。両親の前では決して言えない。

ヤマザクラの葉っぱが青々としてきた初夏の時期、春日神社に遊びに行くと、ボロボロの服を着たヨボヨボのおじさんが横になっている。

今にも息が途絶えそうな、青白い顔つきをして階段に座り込んで頭を垂れている。神殿から神様がおじさんをジーと見ているようだ「どうしたのだろう、寝転んで、どこか悪いのかな」

そうと近づいて行くと、こちらに気がついたのか、か細い弱々しい声がした。足や手がわずかに動いている「大丈夫かな」

おじさん「坊や、おじさんは何にも食べてないので、お腹が空いて動けない、すまないが、お家にご飯があったら、一杯頂けないか」やっとの思いで喋たんだろう、声が擦れて聞き取りにくい。

政春「これは大変だ、かわいそうに、何にも食べていないのか、空腹で動けないのか、やっとの思いでこの神社にたどり着いたに違いない」

政春は食べる物を探しに、すぐに家に飛んで帰った。家の釜に冷えた麦ご飯があった。大盛一杯を急いで茶碗に入れると、麦ご飯の上に、タクアン三切れを乗せ、箸を用意し神社に横たわっている、おじさんの所へ急ぐ「早く持って行かなきゃ、おじさんは息が出来なくなる」慌てる。

茶碗に、いっぱい入っている麦ご飯を見ると、おじさんは、ヨイショと言いながら、階段に座り直すと、おいしそうにペロリとすぐの間に食べ終わった。本当に何にも食べていなかったのか「お代りを言うのかな」と思ったのだが、それは言わなかった。

おじさん「坊や有難う、お腹いっぱいになった。おいしかったよ、茶碗しか返すものが無いが、ごめんよ、すまなかったな、この神社に来て、坊やに会えて助かったよ」

食べ終わってしばらくすると、元気が出てきたのか、腰かけていた本殿の階段から立ち上がり、テクテクと歩き出した。

三十段近くある神社の階段をゆっくりゆっくり降りていく、両側から枯れ木が数本、倒れ掛かっている、その一本を折って杖代わりにし、海辺へ向かう細い道の方へ歩いていく。

「浜辺へ行くのかな、それとも近くに親戚でもいるのかな、その先は海なのだが、行く所があるのかな」なんとなく気がかりになるので、おじさんに見えないように遠くの方、後ろから、そっとつけて行く。神社の階段を降りると、畑や田圃がたくさんある。

遠くの方で、牛飼いの直樹おじちゃんが、牛の餌にする為、畑の畦の草刈りをしている、こちらの方に気づいている様子はない。

倒れていたおじさんは、だんだん元気になって行く、どんどん足が速くなる。政春も必死で追いかける。細くなっている道の方、海の方へ進む曲がりくねった道を行く。

いつの間にか、どこへ行ったのか見失ってしまった。気になるので海の近くの友達に「服がボロボロで杖をついていたおじさんが来なかった」と聞いて見たが、知らないようだ。

その次の日、岩の多い海岸で海釣りをしていた釣り人から「何か人のような物が海岸に浮いているようだ」と警察に通報があったと父親が言って来た。

「性別や年齢も分からないらしい」

あわてて、政春は海岸へ飛んで行った。

「見失ったあのおじさんかも知れない、道に迷って海に落ちて、溺れたのかな」

近くまで行って見ると多くの人盛り。

警察が村のおじさん達と話していたのを聞いた所「浮いていた人は、年寄りのおばあちゃんで、二〜三日程、経過している、行方不明者を調べた所、警察署が探していた人のようだ、見つかってよかった」大勢の人盛りで、むしろを被せていたので確認はできなかったのだが。友達が近くの波止場で磯釣りをしていて、一部始終を見ていたようだ。

大人達が波打ち際の岩の隙間の方を見て「警察を呼べ、大声で叫んでいたよ」と言っていた。

村の人「警察の話では、ちょっとボケのある人で、どうやら、散歩中、誤って海に転落し、家族から捜索願が出ている、湾の対岸に住んでいる人のようだ。風と潮の流れで、こちら側の海岸に流れついて来た、服に名前が書かれていたので身元が判明し、家族と連絡がついたので、今、確認の為に家族がこちらに向かってきている」と言っていた。

政春は「神社に倒れていた、あのヨボヨボのおじさんでなかってよかった、人の良さそうなおじさんで気になっていたのだが」

おじさんの疲れきっていた表情を思い浮かべて、
政春は思った「おじさんは僕が用意した、麦ご飯をおいしそうに食べていたよな」

「僕は毎日麦ご飯を食べている、麦ご飯を嫌ってはいけない、何にも食べる物がなく生きていけない人もいる、お米だけが、ご飯ではない、家で採れる食物は無駄にしてはいけない、きれいに食べ残さないよう大事にしなければ」とつくづく思う。

政春は両親に褒められると思っていたので、ヨボヨボのおじさんの事を話すと、父親がこちらを向いて難しい顔をした。

父親「終戦後の今、世の中は混乱している、浮浪者もあちこちにいる、なかには悪い事をする人もいる、ご飯を上げたのがいけないのではないが、そのような時はすぐに親に言いに来なさい、誰かわからない人なので家の中を物色され、挙句の果てには、政春が誘拐でもされたらどうするのだ、親が食事の用意はして上げるから、今度そう言う事があったら呼びに来るのだよ」と言われたのだ。

悪い人では無さそうだったのに、お腹が空いて、体も弱っていたようだし、麦ご飯もおいそうに食べていたので、自分では良い事をしたつもりと思っていたが、親や大人が考えている事はまた違う、畑まで走っていけば、そんなに時間がかからない、両親に聞きに行けばよかった、幾ら農作業が忙しくてもすぐに帰ってきてくれるはず、何となく気が引けた。

「次、同じ事があったら、両親にすぐに言いに行こう、居なければ、近くで仕事している、大人に声をかけよう」と政春は思った。

ある日疲れて学校から帰ると、親は家にはいなかった。メモ書きがあった「幸三さん方の近くの畑で仕事をしている、畑まで来なさい」母親の字だ。

ランドセルを八畳の間に置き、牛の餌の用意を、さっと、済ませると、親が農作業している、一キロ程先の畑へ走って行く。途中に友達が遊んでいた「政春君一緒に遊ぼう」誘われたが「用事があるのでごめん」兎に角急ぐ。

遠くから見えてきた、母親が手招きをしているようだ。

煙がして、いい匂いがしている、さつま芋を焼いているようだ、はるか遠くからでも良く匂う。

「おいしそうな焼き芋の良い匂いだ、お腹がグウグウ鳴っているな、助かった、お腹が満たされる」政春は喜んだ。

煙がしている焚火の傍にたどり着いた、焚火の端の方、消えかかっている炭の中に、数個焼けているのが見える。

「この芋が良く焼けているよ」

母親が木の棒で焚火の中から数個掻き出した。熱いので手袋をはめ、掴み出すと、あわてて皮を剥く焼き芋から湯気が出ている。

「フーフーフーフー」と息を吐きかけて冷やすのだが、なかなか冷えてこない。

「熱い、熱い、やけどしそう」無理やり口の中、舌をうまく使って食べる。腹の中に焼き芋がフワーと入り込んできた。こんな幸福感がたまらない、何とも言えない満ち足りた爽快な気分。

母親「良く焼けているのでおいしいだろう、火傷しないように、皮は焚火の中へ放り込んで燃やしなさい、腹一杯、しっかり食べて、学校から帰ったままで、疲れているだろうからね」やさしく母親が声をかけてくる。

何個食べたのか、覚えていない、兎に角腹一杯になった。やや暗くなりかかってきた、芋づるを端っこにかき集め、父親がそれを自転車に積み、牛の餌にするため、持って帰る準備をしている。

母親も「さてと、帰ろうか、帰ってご飯の用意をしなければ」と言って鍬や鎌を一か所に集め、帰り支度を始めだした。

犬のチビも来ている。シッポを振っている「早く帰ろう」とせかしているようだ。

焚火の中で焼けている芋を棒で取り出す、焼けすぎの小さな芋もある。真っ黒な炭になっている、さすがにそれは食べられないので、土の中に埋めて、畑の肥料にする。

良く焼けた焼き芋、五個位はありそう、持ち帰るのには、ちょっと熱いので、火箸で焼き芋をはさみ畑の土手に置く。まだありそうなので、燃えている木の下をほじくって探す。小さい芋がでてきた

「これも持って帰ろう、おいしそうだ」

政春は焚火を消しその上から畑の土を被せ、火の粉が飛ばないように後始末をする。

土手に置いた焼き芋は炭から取り出したばかりなので熱い、近くの木の大きな葉っぱを千切って、それに包み、母親が持ってきている竹カゴに入れる。

芋もたくさん掘っていたので袋に詰めて肩にかけるように括りつける。野菜も少し採っているよう

なので焼き芋の入っている籠と同じ籠に入れようとすると、母親から「焼き芋の入れている籠は熱くなっているので、一緒に入れると野菜が傷んでしまう、別の籠に入れなさい、二つの籠は持ってよ、さて帰ろうか」

帰り始めるのを、チビが今か今かと待っている、母親と政春はチビを連れて帰り始めた、父親はたくさんの芋づるを自転車の前後の籠いっぱいに乗せている。

母親は鍬を肩にかけ、重たそうに持ち「ヤレヤレ、さてと」気合を入れて芋の袋を持つ。

政春は、鎌と焼き芋の籠は左手、野菜の入っている竹カゴは右手で持つ、

「おいしそうな焼き芋のにおいがする、家に辿り着いたらもっと食べよう」

チビは家を覚えている。サッサと先に帰って行く。政春も追っかけて走っていくのだが、チビは速い途中、家の近くの犬が散歩していた。

「ワンワンワン」走り寄って相手の犬と戯れている。その隙に追い越そうとすると、また走り出す先に辿り着きシッポを振って待っている。

焼き芋を食べ、母親と一緒に帰っている政春は、一段と元気がでてきた。

「母親は学校から帰ったままの、お腹の空いている自分の気持ちが、分かってくれている、学校まで遠いが頑張らないといけないな、先生の教えもしっかり聞いて、友達も大事にしなければ、母親に心配かけないようにしよう」と思うのである。

途中に安楽寺のお寺がある。お寺の住職と母親が松の木の事で話している。

母親「松に虫がついているのかしら、枯れかかっているね、りっぱな木なのにね」
住職「この松の木は先々代の住職が植えたもので、剪定は毎年やっているし、害虫対策もやっているが、なにぶん百五十年以上の年輪なので、弱ってきているのかな、残念だけど」
母親「そうですか、随分と年数が経つのですね、村の人もこの松を見ると、何となく慰めてくれそうで、癒やされると言っているのですがね」
住職「お寺の総代会で話題になり、松に詳しい役員に見てもらったが、回復は無理のようだ」

次の日も朝早くから、登校班が待っている場所へランドセルを肩にかけて走って行く。何時ものメンバーが待っている場所に着くと歩き始める。元気が良い、くじけるような友達はいない。学校に着くと、慣れてきたのか、あまり疲れを感じなくなった。母親が言っていたように、慣れてくると、足も早くなるのか、一年次に比べ、三十分は早く着くようになった。

授業が終わり、下校時間となった、何時ものメンバーと少しやんちゃな子も一緒になって、帰り始めるのだが、今度は遊びが夢中となって、進まない。一人メンバーが増え、それもやんちゃな子が加わると、回り道を通るので家までが遠くなる。

やんちゃな子がゴムボールをどこからか拾ってきたようだ、野球ゲームをしながら帰っていたときに、まだ、何も植えていない、草が藪のように茂っている畑の中へ、ボールが転がって入ってしまった。政春はあわてて、取りに行く、しかし、大変な事が起こった。

畑に施す肥料のために保管している、肥溜めに、政春は落ちてしまった。

穴の深さ一メールは無かったが、およそ胸位までつかってしまい、服や体がウンコまみれになってしまった、ランドセルは、道路際においていたので、助かったのだが。

穴からやっとの思いで這い上がった政春は、畑の近くに小さな池があるので、すぐに飛び込み、体を洗う、やんちゃな子や他の友達は、面白いのか、その行動を見て大笑いしている。

政春はそれどころではない大変だ、着替えは持っていないので、いったん服を全部脱ぎ、池の中でゴシゴシ、体全体に匂いが染みこまないように、体の足下から頭まで一生懸命洗う、やっと匂いも消えたようなので、服を絞り着る。春先だったので少し体が冷えたが、歩き出すと体が温もってきた。

友達と「それじゃー明日ね」と別れ、ランドセルを抱えるように手で持つ、肩にかけると匂いがつきそうなので、出来るだけ体にさわらないよう、離すのだ。

不自然な体型で歩くので、通りすがりの大人達が不思議そうに見ている。

家に辿り着くと、井戸から綺麗な水をくみ上げ、大きなバケツで服を洗う。兎に角、親に見つからないように、早く洗わなければならない。洗濯が終わると、良く絞り、日の当たる場所に干す。体はもう一度、家の裏の池につかって、頭から、つま先まできれいに洗い落とす。何回も繰り返し洗うがまだ匂いがあるようで、池に飛び込む。チビが不思議そうに見ている。

親が農作業から帰ってきた。

母親「服を干しているが、どうしたの、ドブに浸かったの」

政春「肥溜めに落ちて、服が汚れてしまったので、今洗った所」
母親「馬鹿だね、それは、大変じゃないか、もう一度洗ってあげるから、下着も脱ぎなさい、靴も持ってきなさい、体は洗ったの」
洗濯をしながら母親は「今、畑は何も植えていないが、もう少しすると、野菜の苗を植えて行くのでその肥料用の肥溜めがたくさんある、今は草がたくさん生えて、一面が繋っているので、肥溜めの場所が分かりにくい、畑に入る時には気をつけなさいよ」
翌日学校に行くと、友達が「昨日は大丈夫だったかな、家では怒られなかった」
政春「母親がきれいに洗濯してくれたので、助かったよ」何事もなかったかのように装う。
友達は大きな声で噂している、皆がキャッキャキャッキャッ騒いでいる、政春は気にしないように静かに教科書を開いて勉強している、バツが悪い。
政春「その内、友達も忘れるだろう。帰校時はなるべく、遊んで帰らないようにしよう、親にも迷惑をかけてしまったな」

「三」　遠見稲荷神社

村にある、もう一つの神社、遠見稲荷神社は、日出町広報誌によると（日出町真那井の遠見山百十五メートルに鎮座し、日出城鬼門にあった青柳稲荷を遷座したのが始まりとされ、参勤交代に出発する日出藩主・木下公の船旅の安全を祈り、また別府湾から周防灘まで見渡せたことから藩の見張り所でもあった、明治十年には京都伏見稲荷の分身を祭る拝殿が建立された）記されている。

拝殿の裏手に回って参道を進むと、白ギツネが住んでいたとされる穴や白ギツネを祭った社などを見る事ができる。その社に行くと、アゲやミカン、お米、おにぎり、お菓子等々のお供えが、備えられ、穴の前に、山の様に積まれている。

遠見稲荷神社の入り口付近から本殿に向かって、たくさんの鳥居が建っている。村の人、都会に出ている人からの寄付で建てられている。

入り口付近から、坂の上の本殿を見上げると、赤い鳥居が一直線になっているように見える。

鳥居の中の階段を一段一段ゆっくりと歩いて本殿に向かっている政春は、赤い鳥居のトンネルを潜って歩いているようだ。

その遠見稲荷神社ではヤマザクラの葉っぱがエンジ色となりかかった初秋、お祭りが行われる。神社の空き地に土俵を作り、伝統の子供相撲大会が行われる。

まわしなどはないので、上は裸、下はズボンのまま低学年、高学年に分かれて競い合う。

出場する子供達が背の高い順に並んでいる「政春出なさい」父親から出場を命じられた。低学年の部での出場だ、やせてはいるが足腰が強いので、父親は優勝するのではないか、と思っていたようだ。

一人目はうっちゃり、二人目は外掛けで勝ち上がって行く。準々決勝まで行ったのだが。次の相手は体格も良い手強い相手、観客のほとんどが相手の勝ちを予想している。

その試合で政春はとんでもない恥をかいてしまった。相手はすごく力が強かったのだ。

行事の「ハッケヨイ」軍配が上がった、最初は頭をつけ、動き回っていたが、相手に掴まり、四つに組まれてしまった。相手は背が高く体格もがっしり、政春のズボンが力いっぱいにひっぱられた。

その時バリバリと音がして、ズボンの股間が破れ、パンツまで、ビリーリと音がして破れてしまったのだ、丸いお尻が丸見え、そのまま、上手投げで放り投げられた。

転がされた上にズボン、パンツは破れ、お尻は丸見え、大事な所まで見えそうになっている、慌てて前と後ろを手で押さえ、ズボンを引っ張り上げるのだが、破れているので、うまく上げられない、観客には大変な大受け、面白いのだろう、大笑いしている、父親、母親まで笑っている。

行事に一礼して土俵からおりると、急いでズボンを上げ、人のいない拝殿の裏で、母親に簡単に直してもらった。何とか繕いできたので、相撲の続きを見に行くと、大人や先輩、友達が寄ってくる、政春の頭をナデナデして「よく頑張った」と言っては腹をかかえて笑っている。

政春を転がした相手が低学年の部で優勝、観客が拍手喝采、政春は「悔しい」歯ぎしりしている。

先輩が笑いながら「はじめは互角だったな、ズボン（まわし）を取られなかったら勝負はわからなかったよ」　政春は兎に角、恥ずかしいので「相撲の時の話はしないようにしてよ」と頼むのだが。その時、足に少しスリキズを負ってしまった。その為、神社の階段の側に生えているヨモギの葉っぱをちぎり取り、それを青い汁が出るまで揉んで、柔らかくなったらキズの所に擦り付ける。

「すこしピリッとするが、ヨモギの汁はキズ薬になるからね」と母親が揉んでつけてくれる。

お祭りなので、露店も数件開いている。友達がヨウヨウ釣りをしながらこちらを見ている。

父親が「なかなか足腰に粘りがあってよかった、良く頑張ったな」と言って、褒美にリンゴ飴を買ってくれた。神社の階段に座り込み、かぶりつくように食べていく「甘く、リンゴの香りがして、おいしい」棒まで舐める、やっと悔しさも抜けてきた。

何人か来ている友達は、楽しいのか神社の周りで追いかけっこして走り回っている。

「今日は人手が多い、走っていると、人にぶつかるので危ない、やめなさい」親から怒られても、走っている、疲れるまで止まらない。

政春は、持ってきているアゲやお米一握りを、キツネの住んでいた穴に備えに行く。腰を屈め、五十センチ程の高さの鳥居を潜り穴に向かい、たくさん備えられているお供え物の横に置く。

無病息災・五穀豊穣を祈る「来年も豊作でありますように、家族皆が元気で、過ごして行けますように」親と一緒に腰を曲げ、手を合わせて拝み、穴の方を見る。小さな窪みの穴「これが白ギツネの住まいか」雨や風を避けて、キツネが寝転ぶには丁度いいようだ。

役員の大人達が数人で餅つきを始めた、付き上がった餅をお参りの人へ配っている。お酒好きの役員が、父親を見つけると、お酒とコップを持ってきて、なにやら談笑している。父親も楽しいのだろう、縁座に腰掛けて他の役員の方とも話始めた。

母親が「父ちゃんは、話が長くなりそうなので、先に帰りましょう」促され、母親と鳥居の階段を降りて行く。細い山の道、途中に友達の家がある。

政春「お母さん、この近くに、文博君の家があるよ、何時も学校へはこの道を行くのかな、自分の家からまだ一キロ程先だよ、まだ僕の家の方が学校に近いね」

母親「そうね、遠見山の中腹位だね、遠くても、この辺の子は良く頑張っているね、関心だ」

次の年の春、ヤマザクラの花満開の時期、都会に就職している、母親の弟、若い静雄叔父さんが背広姿で政春の家にやってきた、何か肩からぶら下げているようだ。

「政春こちらにおいで」静雄叔父さんがヤマザクラの傍で呼んでいる、父親母親も傍に来た。

静雄叔父さん「桜の木に背を向けて、政春、チビを連れて一番前に行って、こちらを向いて、動かないように」パチリと音がしたようだ。

写真を撮ったのだ。うまく映ってないのか、何度も撮り直す、体が緊張しているのが分かる。

母親が「静雄叔父さんを海に連れ行ってあげなさい、海が見たいらしいから」早速道案内をし、海岸通りを進み、波止場に着くと、二隻の底引き網漁をしている漁船と運搬船が帰ってきていた。

数人の船員が、たくさんの魚を船倉から水揚げしている。陸では三人のおばちゃんが、魚を選別して籠に入れている、大きな魚は町の市場へ運び、セリに出すとの事。

チリメンジャコを獲るのがこの船団の目的。

たくさん獲れているチリメンジャコは用意している別の籠に入れ、そして、沸いているお湯の中にそのまま入れて釜揚げにするのだ。

それを天日で干し乾燥させた後、再度選別して袋に詰める。イカやタコの子供や、メバルの子などが一緒に混ざって干されている、念入りに一個一個選んでつかみ出している。

なかなか根気のいる仕事。静雄叔父さんは、その様子も写真に収めていた。

浜辺のおばちゃん「政春君お客さんがきているのね、これ持ってかえり、焼いて食べてね、おいしいよ」と言って、乾燥し選別されたイカやタコの子、小さなメバル、やや大きめのイワシを頂いた。

紙袋いっぱい「有り難う、頂きます」今晩の父親の酒のつまみになるに違いない。

この地域で獲れるチリメンジャコは（別府湾チリメン）として特産品として売り出されている。漁師たちは、これを（海の宝石）と呼んでいるほどの貴重品なのだ。

静雄叔父さんと浜辺を一周、たくさん写真を撮っていたので、二時間位かかってしまった。家に帰ると母親が、昼食の準備をして待ち構えていた。

政春「浜辺のおばちゃんから、選別された魚をたくさん頂いたよ、焼いて食べたらおいしいよ、と言っていたよ」

昼食をすますと、静雄叔父さんは、一日三便しかない午後からのバスに乗って帰っていった。

静雄叔父さんのお土産は、政春の絵本や、お菓子の他、名店街で買ってきた、瓶入りのアサクサノリの佃煮だ。

母親が夕食に「静雄さんからのお土産だよ」と言って、佃煮を小皿に分け食卓に出してくれた、政春は、今までに食べた事のない味、その美味しさにビックリ。

やや醤油が効いたアサクサノリ独特の風味、潮の香りがしている、そのまま腹の中へ吸い込まれていく、何か腹の中が「グルグル」して来たような気がする、胃がビックリしたのだろうか。

お菓子と一緒に、絵本や少年ジャンプもお土産に貰った。本の新鮮な匂いがする。夢中で読むが、全部は読みきれない。おまけがついていたのでそちらの方が気になる、野球ゲームの付録だ。

休みの日に友達と一緒にゲームをして遊ぼう。

それから一ヶ月後、従姉の友恵お姉さんがやってきた、「たまにはお家においで、うちの子供の面倒を見てくれないか」両親は友恵お姉さんの家へ行く事があって、その時頼んでいたようだ。

友恵お姉さんが、静雄叔父さんの買ってくれた少年ジャンプを見ながら、声を出して流暢に感情を込めて読んでくれる、情景が目の前に現れるようで、上手い。

友恵お姉さんの住んでいる場所は学校と反対方向、四キロ位先で遠く、ほとんど会うこともない。

今日は祖父の義雄おじいさんの家へ、友恵お姉さんの両親が会いに来たようだ、そのついでに牛車の荷台に乗ってきたとの事。

たまにしか会えない従姉だが、すごくやさしい、良く面倒を見てもらえる、良いお姉さんだ。

母親が「友恵さんは何でも知っているので、しっかり　習いなさい」とお昼ご飯を用意しながら声をかけてくる、何時もより念入りに食事の用意をしている。

味噌汁にダンゴを入れダンゴ汁を作っている、何時もの麦ご飯と一緒に食卓に出してきた。友恵お姉さんをもてなしている、政春も一緒に食べる。

静雄叔父さんが来てから一ヶ月後、郵便受けに封筒が入っていた。ヤマザクラの木の傍で撮った家族写真が送られてきた。親子全員、揃って写っている。

政春はガチガチの直立不動、写真で見ても一目瞭然。

母親が「政春かわいらしいけど緊張しなくてもいいのよ、母さんの弟、政春の叔父さんだからね」

政春は静雄叔父さんの若々しく青年らしい、はつらつとした背広姿に憧れた。

「叔父さんはすごく恰好いい、こんなに立派な人が親戚にいるのだ、政春、政春、すごく可愛がってくれている」

「絵本、お菓子、おもちゃも買ってくれる、やさしい良い叔父さんだ」

毎年、ヤマザクラが満開の時期に、背広を着た静雄叔父さんが訪れてくる。

　静夫叔父さん「政春、すまんが、海へ連れて行ってくれないか、この前写真に撮った所、岩場の景色が、うまく撮れていなかったので、もう一度撮り直したいから」

漁港に行くと底引き網漁船はまだ帰ってきていなかった、誰一人居ない何時もの静かな浜辺。

静夫叔父さんのお土産は今度も瓶入りの海産物、政春は不思議そうに繁々とビンを見つめている。

母親「政春、これは、瓶詰めのウニだよ、叔父さんが住んでいる所の名産品で高級品よ」

夜、父親が酒のつまみにしている、すごく美味しそうだ。政春も舐めるように少し食べて見た。

磯の香がしている、少し苦味もある、アサクサノリとまた違ったやわらかいトロリとした独特の甘味が、口の中へ、ほんわりと染まって来た。

「ご飯にかけて食べよう、これがウニの味なのか、本当においしい」

その後、静雄叔父さんは村を散策し、その風景をカメラに収めて帰っていった。

その二年後、静雄叔父さんが結婚した。両親も出席して「可愛く、聡明なりっぱなお嫁さんだよ」と政春に話してくれた。

それ以降、毎年来ていた静雄叔父さんが、数年おきになり、段々と遠ざかっていく、両親が「かわいらしい、男の子ができたらしいよ、忙しくなったらしい」その後、全く来なくなってしまった。

母親「家族が出来たので、子供を遊園地や公園に行って遊ばしているらしい、何でも、海洋少年団に入れるそうだ、送り迎えが、これから忙しくなるらしい、写真を親元へ送ってきているよ」

翌年、ヤマザクラの木に雪が積もっている、すごく寒い一月の時期に弟、浩二が生まれた。政春と年の差八歳「オギャーオギャー」お腹が空いているのだろう、泣き止まない。両親が心配しているようだ「浩二は無事に元気に育つのだろうか、心配だな、乳を欲しがっているようだし」

しかし母親は母乳が出ないのだ、飲ませる物がない、母親は難しい顔をして困惑している様子。父親と母親がどうしたら良いのか、何か話している、ヒソヒソと話をしているので、政春には聞こえない。一時間程話していた。

その夜、父親が「ちょっと、出かけてくる」と言って玄関から出て行くと、母親が政春に「牛を飼っている直樹おじさんの家に浩二に飲ませる牛乳を分けてくれないだろうか、頼みに行ったのだよ」と話してくれた。

政春は「牛飼いの直樹おじさんは、何時も声をかけてくれる、とても良いおじさんだ、きっと牛乳を分けてくれると思う」と思った。

母親は心配そうな顔をしてソワソワしている。浩二は泣き疲れて眠っている。

横になっている母親がかわいそう。何とかできないかと思っていると、

母親が「麦のとぎ汁を浩二に飲ませたいので、麦をしっかり洗ってもらえるかな、洗ったとぎ汁を鍋にとって、それを沸かして、しばらく鍋ごと水につけて冷やしておいて」

父親は出かけたまま、なかなか帰って来ない。浩二はお腹が空いているのだろう目を覚ました「オギャーオギャー」泣き始めた、

母親「政春、麦のとぎ汁を持ってきておくれ」麦のとぎ汁を飲まし始めた。

「お酒好きの二人なので、仲良く、飲んでいるのではないのかな」

母親が二人の仲を知っているようだ。

帰って来た。案の定、お酒の匂いがプーンとする。手に牛乳の入ったビンを持っている、上機嫌。牛飼いの直樹おじさんは「無事に赤ちゃんが生まれておめでとう、喜んで分けてあげるよ、と言って、これ貰ってきたよ」大きな瓶いっぱいに入っている。

母親「政春、瓶から牛乳を少し鍋に移して沸かしてくれないか、温めるだけで良いからね」

父親「お祝いにお酒を頂き、二人で飲んでいたので遅くなった、浩二は良く泣いていたのかな、目の下に涙がこぼれているよ」

母乳が出ない、ひどく落ち込んでいた母親の口元が緩み、涙も浮かんでいる。

政春「牛乳少し温めたよ」

母親「そこの乳瓶にいれて持ってきて、よかったな、浩二、もう大丈夫だからね、元気に育ってくれよ、よしよし」抱っこしてあやしている。

政春は毎朝、顔を洗い、歯を磨いて、朝食を済ませ、学校の用意をしてから歩いて五分程の、直樹おじさんの家まで牛乳を取りに行く。

そこの家は庭先に犬小屋があり、大きな犬を飼っている。噛まれるのではないかと不安感で怖く、行く気がしない、家の近くまで行ってソワソワしていると、

そこの君江おばちゃんが「恐れる事はないよ、大きいけど、やさしい犬だからね」言ってくれた。

犬の横を恐る恐る通って行く、大きな瓶一杯分頂き、また犬の傍を通らなければ、帰る道がない、小さい道、横にバラの花がある、触ると痛い。

だが犬は吠えるような事はなく「やれやれ大きな犬だ、怖いな」すり抜けるように通って行く、その後慣れたのか犬もシッポを振る仕草をする、毎日その犬と会うので、頭を撫でるとすごく喜ぶようになり、すっかり仲良くなった。

それから一年程たったある日、ヤマザクラの葉っぱが青々と繁り、毎日のように雨が降っている梅雨の時期、父親がどこで手にいれたのか、大きなヤギを一匹連れて帰ってきた。

家の横に小さな小屋を作り飼育する事になったのだが、その世話が大変、ヤギは良く食べるのだ。

父親は毎朝近くの畑に、餌となる雑草をリヤカー一杯分ほど刈り取りに行く、それを麦と混ぜ合わせ餌にするのである。食べている間に乳を絞る。

その乳をフキンでこしてゴミを取り除く。その後沸かして水で冷まし、少し砂糖を加え飲みやすくし浩二に飲ます。

父親から「政春飲んでみろ」と言われて飲んで見たのだが、トロっとして苦味と臭いが少しあり、あまり甘みもなく、美味しいものではない。しかし、浩二はよく飲む。見る見るうちに元気で大きくなっていった。

母親「心配していたが元気な子に育ってきて、良かった、牛やヤギさんのおかげだな」すごく喜んでいる。父親はヤギさんを、畑に連れていっては、草刈しなくて良いように、たくさん茂っている雑草を食べさせている。外での食事がうれしいのか、モグモグ良く食べて、良く泣く。

泣き声が聞こえるらしく、遠く離れている恭一伯父さんがやって来て、ヤギの頭を撫でている。

その年、ヤマザクラの葉っぱも落ち葉となって、幹の色が黒っぽくなりかけた秋口、政春の小学校で授業参観が行われた。

たくさんの親たちが教室の廊下側、席の後ろ側で見ている。お父さんも来ている家もある。政春には母親が参観に来ていた。後ろの方で見ている。

先生が教壇から促す「この漢字何と読むのかな、解っている人は手を上げて」子供たちが「ハーイハーイ」家の近くの友達も手を挙げている。明るい声が教室中に響き渡る。

政春は解っていても手を上げていない、おとなしく消極的なのだ。母親が「政春、手を上げればいいのに」と思ってかソワソワしている。参観の後、先生と親との二者懇談が行われた。

日頃、親から勉強について何一つ言われたことはなかったのだが。

その夜、政春は母親から呼ばれた「国語の教科書を持ってきなさい」カバンにいれたままの教科書を取り出し持っていくと、母親がその教科書を丁寧に読み始めた。

読み終わった後「政春、読んでみなさい、ゆっくりでいいからね」

声を出して読むのは始めて、政春は緊張したのか、読み方もすんなりと読めない、しどろもどろ、漢字も分かっているがスムーズに読めずに詰まってしまう。

「母親は何か先生から言われたのかな」政春は日頃、予習や復習など勉強しないといけない気持など全くなかった、教科書も授業中以外は読んでいなかった、授業中はしっかり聞いているが、何時の間にか忘れてしまう。

母親に言われて、読んで見るとすんなりいかない、勉強していない自分がそこにある、それに気が付いた、あれほど勉強が良くできる友達が羨ましいと思っていたのに。

「毎日教科書を二回通り読みなさい、他教科の予習や復習もきちんとやらなければいけないよ、分かっていたら手を挙げて答えなさい、漢字はノートに何回も何回も書いていくと覚えるよ」とやさしく母親から諭されたのである。

その日以降、見違えて来た。

一回目は目で読み、読み終わると二回目は声を出して読む。毎日ノートに漢字を書いて練習する。何ページも書いていく、算数も他教科の予習復習も力が入る。地図帳も買ってもらった。声を出して読むことで自信がついてきたのか、授業中、積極的に手を挙げるようになった。

担任の先生が驚いたような表情している。

成績がグングンと上がってきた、親の教えがタイミングよく発揮され、消極的な政春の心が上向いた結果だ、冬休み前、通信簿と成績表が帰ってきた。

母親「随分成績が上がったね、手は上げているの」

政春「うん毎日上げて答えている、良くあたるよ」

母親「頑張って、親も応援しているからね」

冬休みの宿題もたくさんある、早めに済まして、少し余裕ができたので、教科書を何回か読む、分からない漢字があるので、母親に聞いて、ノートに書き練習し覚えて行く。

お正月が近づいてきた、親も餅つきの準備で忙しい。杵や石臼、台、セイロ、蒸し器等を洗って干している。畑の畔で、勢い良く伸びているヨモギを小さい篭いっぱいになるまで採り、洗って水切りしておく、年末の十二月二十八日が餅つき、白餅だけではなくヨモギ餅も作る。

もち米を丁寧に洗い、かしておく、水切りをして、簀の子を敷いたセイロに、布巾を広げてもち米を入れる。そしてもち米をならし、布巾でお米をたたみ、お湯を沸かしている釜の上に、セイロを乗せて蓋をして蒸す。

一つのセイロに一升五合程度のもち米が入っている、それを三段程重ねる。蒸している間に、臼に張っている水を捨て、お湯を入れ、温めておく。約四十分位で蒸しあがる。

蒸し上がった一番下のセイロを、父親が臼の方へ運んできて、セイロ毎ひっくり返し布巾をとり、つき始める。最初は臼の中のもち米を、軽く杵で捏ねる、臼の周りをグルグル回りながら、力を入れて捏ね始める、杵で付いたときに、もち米のコメ粒が飛び散らない程度、柔らかくなるまで、捏ねていく。

しばらくして、母親がやってきた「ペッタン！ペッタン！」つき始めた。杵でつくのは父親、母親は捏ねる役目、息がピッタリ合っている。

「熱い、熱い」と母親が桶の水に手を漬けて冷やし、また餅を捏ね始める、臼に餅が引っ付くので、たまに水をかけ、またつき始めて行く、つき上がったようだ。

父親が小麦粉を引いている台の上に、つきあがった臼の中の餅を運んで来た。

手で餅を伸ばし、母親が餅をちぎり始めた、次ぐから次とちぎって行く。ちぎられた餅を、丸くして行くのは、父親と政春の役目、手が熱い、つきあがった餅はまだまだ熱々なのだ。小麦粉がなくなってきた、缶から取り出し追加で台の上に伸ばしていく。

手にいっぱいに粉を付けながら、最初、二個程、大きくちぎり、仏さんや大事な場所のお供え用に丸めて行く、次に小さくちぎり丸めて、一臼の半分程作ったら今度は残っている餅を平たく伸ばす。

平たくした餅は、二日程たってやや固くなった頃、五センチ程度の大きさに切って行く。薄いので良く膨れて、早く焼ける、焼いた餅を醤油と砂糖のタレに漬け込み、もう一度焼く、こんがりと焼け食欲をそそり、良い匂いがして、すごくおいしい。

二段目のセイロが出来上がった。父親がセイロを臼の方へ運びつき始めた。

次はあんこ餅を作る「ペッタンペッタン」二回目の餅つきが始まった、しばらくして、父親がつき上がった餅を、台の上へ運んできた。

母親が持ちをちぎり始める、父親が、その餅を平たく伸ばし、あらかじめ用意している、あんこをその中に入れ丸めて行く、たくさんのあんこ餅ができあがった。

三段目はヨモギ餅を作る、その前段階として、二日前にヨモギの茎を切り落としておき、鍋に水を沸かして、その中に重曹を入れる。

その後ヨモギを入れて柔らかくなった後、ザルに取り上げ、その後、ヨモギを良く洗って固くなるまで絞る、そして、固くなっているヨモギをほぐして、一日程寝かして置く。

父親が運んできた三段目のセイロを臼に入れ、そのヨモギをもち米の中に入れ軽く捏ねて、つき始める。ヨモギの香りがしてきた、段々と餅が緑色になってくる。つき上がったヨモギ餅を臼から父親が運んで来る「おっとーおっとー熱いー熱いー」今にも地面に落としそう、ヨモギ餅は柔らかく、持ち運び方が難しい。

母親が台の上に運んできた餅をちぎって行く。ややベチャとして千切り難くそう、親指と人差し指で丸くした後、小さくちぎっている、手際が良くなった。

政春はそれに粉をかけ引っ付きにくく、持ちやすくしてから、一個々平らに伸ばし、あんこを入れ丸いあんこ入りのヨモギ餅を作って行く。緑色に仕上がったヨモギのあんこ餅、おいしそうな色。

一段目、二段目、三段目がつき終わり、餅に仕上ってくるのは、午後の十二時頃。

朝早くから支度を始め餅つきが終わり、食べられるような餅に仕上がる頃は、お腹が「グウグウ」鳴っている。父親や母親が居間に腰を下ろした。午後、十二時半頃になっている。

昼食は、つきたての白いあんこ餅、政春は緑色のヨモギのあんこ餅を最初に食べる「ヨモギの香りがして、おいしい」甘いあんこの味が口の中へ入り込んで行く、我を忘れ夢中に食べて行く、

「一気に食べると喉につまるからね、喉に詰まらせないように、良く噛んで食べなさいよ」母親の声が聞こえてきた。

実際お年寄りが喉に餅を詰まらせて無くなっている。母親がお湯を沸かしている、お茶を持ってきた母親「しっかりお茶飲んで、喉を潤いして、通りやすくなるから」

今の時代でも、度々ニュースになっている。餅は柔らかく噛まずに飲み込むように食べてしまうと喉を通りにくい、特にお年寄りは要注意、少しずつ、噛みしめながら、食べるのが喉を詰まらせないコツ。昔からこの事件は起こっている。気を付けなければならない。

食べ終わると、餅つき道具の片付けが待っている。政春は水を汲み上げていく、井戸の滑車がギーギー鳴り出した。臼や杵、セイロ、蒸し器はたわしでゴシゴシ洗い、井戸の周りに干すと、今度は布巾の水洗い

洗い終わる頃は既に夕方。餅作りに、丸一日かかった。

政春は手や足が棒のようなっている。

腰を伸ばし「ヤレヤレ、やっと正月が迎えられるな」長い一日が終わった。

お正月がやってきた。朝は雑煮、三個程食べる。元旦はお宮参り、まず隣の春日神社へ、続いて、遠見稲荷神社へ、それぞれ小餅三個とお米少し程、持参し朝早くから家族で出かけて行く。

二日は、政春の家に親戚が次から次へと新年の挨拶に訪れる。父親は朝からお酒が入って良い気分だ、親戚で漁師をしている、伯父さんが十キロ程離れた自宅から、舟で獲れたままの魚を数匹持って来た。さばくのも上手。見る見る内に刺身となって、お皿に一杯だ、さばいた後のあらの煮つけを母

親が料理している。最高のご馳走だ。

父親が戦争中の歌を、披露しはじめた。盛り上がっている。

政春家の住まいは、広々とした居間、十二畳の座敷、六畳の板の間、八畳の寝室、収納庫等大きな家なのだが、壁、窓ガラス、障子、ふすま等、所々やぶれていて隙間風が吹き込んでくる。

この家は元々二キロ程先に建っていた誰も住んでいない家を、父親が譲り受け、取り壊した後の建築材料をこの「おみやんわき」に運び、大工一人と父親、近所の人達で、元の家に建て替えた。土壁は三年位で剥がれ落ち、ドアは合ってなく隙間だらけ、ガラスは割れている状態のまま、ただ屋根瓦はしっかりしているのか、雨漏りだけはしていなかった。

夏はドアやガラスの隙間等から蚊が入ってくる。蚊帳を吊って、真ん中辺りに布団を引いて寝るのだが、出入りで入って来る。蚊を叩くと血を吸っているのか、手が真っ赤。誰が噛まれたのかな。

ハエも多い、電気のヒモにハエ取り紙を括り付けているのだが、隙間ない位、いっぱいにハエが引っ付いているのでまったく不衛生。

冬はとても寒く壁や窓ガラスの割れ目から冷たい風が（ヒューヒュー）音をたてて入ってくる。暖房は火鉢しかない。風呂炊きで作った燃料の「けっすみ」が役立つ、政春は火鉢の上に乗っかり、またがって体を丸めたまま、足や腰を暖め、本を読む。

火鉢一台では冬の寒さを乗り切れるものではない。何枚も服の重ね着をして、タオルで首巻をし、足は靴下を履いている。

寝室の布団は重たい綿入り布団、何枚も重ねて寝るのだが、横になる事、足を伸ばす事、寝返りも出来ない。湯たんぽの効き目もあまりない。寒さを凌ぐには体に隙間が出ないよう、頭にはジャンバーをかけ、布団をもう一枚重ねるしか方法はない。

寒くなればなる程、布団を重ね、ますます重くなり身動き出来なくなる。

両親の布団は、毛布と掛け布団一枚、足の方に丹前をかけているが家の中も氷点下「たったこれだけの布団で、寒くないのかな、親の体はどうなっているのだろう」不思議な体をしている。

雪がフワリフワリと降っている一月中旬、朝起きて見ると火鉢の横の座布団と畳が焦がれている。火鉢に残っていた、燃えカスの炭に火が付き、パチパチ跳ねた火の粉が、座布団の上に飛び散った。それが燃え上がって、火事になったのだ。

けっすみは、完全に燃えつき、乾燥した炭であれば、火が跳ねる事はないが、水分が少しでも残っているような炭や水分を含む木の燃えかすのままの炭の時、燃えている高温の熱で、水分が跳ね、燃えている炭が飛び散る。この現象が起きたのだ。

夜中だったのだが、たまたま家の前の道を歩いていた近所の正彦おじさんが、ガラス越しに燃えている炎と煙を発見した。何事かと思った正彦おじさんは、鍵のかかっていなかった玄関口から入り込み、家の中を覗いて見ると、座布団が燃えていた。

「火事だ、座布団が燃えている」と叫びながら台所に行くと、桶に入っていた水があった。それを抱えて来ると、燃えている座布団目がけて水をかけ、消火している最中に両親が起きてきた。

そのまま、座布団を外へ放り出し、やっと消し止めた。政春は既に眠っていて、まったく気が付いていない。危ない所だった。

「本当に助かった、一家全滅になる所だった、ぐっすり眠っていたので、まったく気がつかなかったよ、正彦さん良く気がついてくれた、有難う」両親はしきりに感謝している。

正彦おじさんは世話好きで父親とも仲がいい。家で酒を酌み交わし談笑しながらいつも楽しいそうニコニコ笑って人なつこい、やさしいおじさんだ、子供達にも人気がある。

正彦おじさんの奥さんは綺麗な人で、何時も二人で農作業をしている。仲の良い夫婦として、村で評判の家庭、子供は男の子三人、活発な子供達である。政春の家とは少し離れているので、登下校は別々であるが、休みの日には、一緒に遊ぶ仲の良い友達なのだ。

桜の木の蕾が今にも開こうとする初春の時期、村にはお接待（弘法大師の縁日、旧三月二十一日大師を祭る日）という行事が三月の中頃、年一回開かれる。家の周りや、ドアやガラス、特に人が訪れる玄関口はきれいに掃除をする。

政春も手伝いするが破れている窓を外すのは、子供では無理。父親が外した窓に水をかけ、ふき取り、日当たりの良い場所で乾かす。庭の掃除は、落ち葉が沢山散らかっているので、ほうきで集め塵取りに入れ落ち葉篭に入れる、庭先には水を撒き、竹箒できれいにならす。これは政春の仕事。

伸びている草や、溝掃除もしておく、大勢の来客があるので、掃除が大変だ。

各、家々の玄関口や道路わきには小さな旗がたてられている。窓や網戸をいっぱいに開け、外から見えるようにしている座敷に、二段に組み立てた台を作り、その上に白い布を被せる。布の上に皿を乗せ、その上にお菓子やミカンなどを並べ、それを十皿程度作って、訪問客を待つ。家によって、用意しているものが違っているので、子供達にとっては、果物や色々なお菓子を頂ける、楽しい日だ。友達と村中を一軒一軒訪問し、何件も回って袋いっぱいにする。

「こんなにたくさん貰ったよ」

「皆で食べようか」

「僕には飴が入っていたよ」

「いいね、このお菓子と交換しよう」友達と交換して食べるのもまた楽しい。

次の日、村中の家族が集会所に集まる。各家で作ったお赤飯や巻きずし、おにぎり、卵焼き、煮しめ等、この日限りのご馳走を持ち寄って食事会を行う。気の合ったご近所さん同士、ご馳走の分け合いをしている。大人達にとっても楽しい一日。

日頃、付き合いのない家族の方とも久し振りに会え、会話が弾んでいる。

「辰子さん、おじいさん、おばあさんは元気にしているの」

「元気だよ、裏の畑でダイコンや白菜を植えていたよ、今年も良く出来ている、おばあちゃんは少し腰が曲がってきたので、無理をさせないようにしているよ」

父親は盛り上がっている。何十人と輪になってお酒を飲んでいる。大宴会だ。その中心にいるのが父親、元気がいい。

お接待の行事が終わった三月下旬、政春の父親が誇らしげに帰ってきた。今までの区長の中で一番若く区長に選ばれたとの事。父親は若い頃から「初ニイー初ニイー」と呼ばれ慕われている。村で評判のなかなかのやり手である。よく自慢話を聞かされていた。

戦前、馬を飼っていた。そう何軒もなかったようだが、馬は牛よりも力があって農作業には頼りになる存在「農耕で、馬を使いこなす腕は、自分が一番うまい」

また、年一回、草競馬が行われる。近くの砂浜の空き地で十頭程参加して、優勝すれば賞品が貰える。地元、隣町、噂を聞いて多くの人が見学に集まってくる。

すごい観客の中で砂煙を上げて猛烈な勢いで走って行く。父親が飼育している馬が優勝した。乗馬者は近所の素人であるが、何回も馬に乗っているベテラン。

父親「自分の育て方が良かったから優勝したのだ」

また戦時中は内地勤務で空襲時の防空壕への避難誘導の任務。

お年寄りを背負い子供を抱きかかえ我先にと誘導する。

防空壕で泣き叫ぶ赤ちゃんを、優しく抱いて、外に連れ出したり、水を飲まして、気分を落ち着けさせたり、母親代わりを努めたり、大活躍。

「よし、よし、もうすぐお母さんがくるからね、安心しなさいよ」あやしながら、寝かしつける。

また、ケガをした人がいると、すぐ水とタオルを持って、その傷口を洗って拭いてあげ、包帯代わりにタオルで縛って上げる。

空襲が鳴り響く中で、率先して動き回る「事故に遭わずによかったよ」父親が述懐していた。

内地のあちらこちらに転戦し、たくさんの人を助けてきたが、戦友はたくさん戦死したとの事。

戦友の話になると、なぜか涙を流しているのだ。父親はすごく友達思いのようだ。

父親はたまに突拍子もない事をして、祖父や祖母を驚かしていたようだ。

結婚前の戦前、村で評判のべっぴんさんの家に忍び込もうとして、そこのおじさんに見つかった。

父親の話では、ドアに躓いて大きな音がして、気がつかれてしまったとの事。

「だれだ、そこにいるのは、早く出て行け」大声でどなられ、あわてて飛んで帰ってきた。

そこのおじさんは侵入した者が、およそ分かっていたようで、祖父に「お宅の息子が家に侵入してきた安心して寝ておられないので、きつく、たしなめて下さい」と連絡があったとの事。

祖父「泥棒見たいに他の家に侵入しては大変な事になる、しばらく家にいなさい、表に出ないように静かにしときなさい」と祖父から謹慎処分を受け、きつく怒られたようだ。

今では家宅侵入罪になる所、親父には罪の意識はないのだろうか、と思う。

しかし若手のバリバリ、悪いこともするが、なかなかの雄弁、村の祝い事などの行事には一番で挨拶を頼まれる。誰の前でも、恐れずに堂々と話ができる。

村の祭り、体育祭などの行事では何時もリーダー、尊敬できる所もある。見た目はゴツイが人間性は極めて良い、優しい所もある、人情味のある父親、悪い事だけはやめて欲しいものだ。

冬場には牛の餌が特に少なくなる。その為、桜の木の葉っぱが青々と繁っている梅雨時期に草を刈り干し草にしておく。乾燥した稲の藁、芋の茎も納屋に保存して、それらを細かく刻み、干し草と混ぜ合わせ牛に与える。

畑や田圃に雑草が伸びてくる初夏の時期には牛を外へ連れ出し放牧する。

牛は青々とした草が好物だ。一日中モグモグと良く食べている。

「牛の胃は四つあるよ」と先生から聞かされていたが、牛小屋の中から頭を餌箱に突き出して、何時も口を動かしている。牛は腹一杯になる満腹感はないのだろう。

いつ見ても「モーモーモー」餌を欲しがっている。牛小屋の掃除、特に糞の処理が大変、藁を敷いた牛小屋は二週間位すると、汚物で汚れてくる。

汚れた藁を全部取り除き新しい藁に取り換えなければならない。取り除いた汚れた藁は、肥料にする、牛糞は植物性肥料より、効果が高く、土壌改良効果の高い有機物として、重宝されている。

桜の葉っぱがエンジ色に輝き、葉っぱがヒラヒラと落ちてくる晩秋の時期、隣村のお祭りがあり、牛の競り市も行なわれる。

父親は牛を競りに出す事にしたのか、大きく成長させようと、一生懸命世話をしていた。餌が牧草類や藁、麦だけでは、牛は思ったほど大きくならない。特別に大豆やトウモロコシを与えている。競りの日が近づいてきた。

父親「思っていた程、肉付きが良くないな、もっと大きくならないと、安いかも知れない」つぶやいている。それでも競りに連れていくことにしたようだ。家から十五キロ程はある競り市場へ、朝早くから、牛の手綱を引いて、出かけていった。母親が少し寂しそうな表情を浮かべている。

夕方父親が帰ってきた。やっぱり競り落とされた値段は安かったのだろう、父親も納得できずに売らずに、そのまま、連れて帰ってきた。

父親「まったく話にならん、安く叩かれたので、売らなかった」

母親が、牛の頭を、触りながら「よかったな、売られずに済んで」安堵していた。

そんなある日、ばくりょう（牛の売買をする人）と呼ばれる牛飼いが訪ねてきた。子牛と交換すると差額が貰えるとのことで、父親と交渉が行なわれ、あれこれと長い時間、話し会いをしていた。

しばらくして、父親が「子牛と交換する事になったよ」と大きな声で言ってきた。思ったよりお金が多く貰えたようだ。日頃収入の無い政春家の、臨時収入、少しだが政春にも小遣いを貰った。

政春「子牛も可愛いな、モメーモメーモメー　ヤギの鳴き声に良く似ているな」

ただ母親は今まで世話をしていた牛と、離れるのがつらかったのだろう、少し涙を流している、淋しいそうだ。

牛の役割は今の耕運機と同じような役目、農作業には、かかせない存在である。畑を耕す為に、人間の何十倍の力で冬の間に荒れてしまっている畑や田圃を見る見るうちに興していく、その後、しろかき（草をかき集め。平らにならす道具）を牛に引かせて、草や大きな土の塊を取り除き、いつでも苗を植えることの出来る状態にしていく。

父親の仕事は牛を使って、畑や田圃をならし土を興す仕事、母親は、そのならしている畑の草や石コロ等を集めて、取り除く作業、特に雑草は牛の餌用とするので、丁寧に草の土を取り除き、カゴに入れて、畑の土手に並べ干していく、乾燥させて、冬用の餌を作っている。三日程干してから、土を取り除くために水をかけ、もう一度干す。良く乾燥させ、納屋で干し竿にかけて保存する。

ある日、父親から「政春、牛を使って見ないか」と言われて手綱を受け取った。必死で手綱を引っ張るのだが、牛は言う事を聞かず全く動かない。困ってしまった。

「政春、手綱は強く引くだけではダメ、緩めてから軽く引っ張り尻の方を軽く叩きながらドードードーと声をかけて、軽く引くと言う事を聞くようになるよ、牛によっては思うようにならない時もある、性格も良く知っておくといい」と父親から教えてもらった。

政春「動物なので性格は全く分からないよ、どうすれば分かるのかな」

父親「牛の呼吸を感じ取り、寄り添うように世話をする事と、使いこなしていかないと思うようにならないよ」

牛は父親の言う事は良く聞いている、友達のようだ。

家の裏にある畑には大豆とソバを植えている、収穫時が大変、腰を屈め一束一束刈り取って行く。

大豆は一個一個、殻を叩いて割って実を採り、採った実を、竹籠に入れて二〜三日天日干しにする。ソバはゴザの上で、棒で叩いて実を落として行く。その後天日干しで乾燥させ、一週間程置いてから、石こぎ機で砕いて粉にしてソバ粉を作る。

ソバ粉の料理は、少し水を加えたボールの中に粉を入れ練って行く。

その後、台の上で延ばし細く切って、沸いたお湯の中にパラパラと入れて茹でる、そして醤油をかけて食べていく、ソバ百%、ごく自然の味すごくおいしいのだ。

栗も良く出来ていた、これは湿地を嫌うので排水の良い乾燥した肥沃の土地を選んで植える。

政春家では栗餅の品種を栽培し、良く餅や団子を作って食べていた。この栗は連作できないので、畑を毎年変えなければならず、土地の確保が大変。

父親が山林の木を切り倒し、木の根をバチで興して取り除き、その後、牛で耕し、畑を新しく作っている。重機のようなものはないので、もっぱら人間の力によって畑を作る、大変な重労働。

近くの農家もバチで興して、畑を作っている、こうして村の畑は拡張されていった。

夏が近づく頃になると、窓からの日差しを防ぐ為に、瓢簞やニガウリを家の周りに植える。蔓が屋根の瓦まで届く程良く伸びて葉っぱがたくさん繋ってくる。

それが窓一面を覆うので暑い日差しを遮ってくれる。窓を開けるとひんやりとした涼しさ、冷房効果がある。

この時代には、扇風機や冷暖房装置などはない、家の中で涼むのに丁度良い。ただ蚊が入ってくるので、要注意。

日陰を遮る為に植えているゴーヤは、実がたくさん採れるので、母親が色々な料理をしてくれる、ゴーヤチャンプル、ゴーヤの佃煮、ゴーヤのみそ炒め、ゴーヤの天ぷら、父親の酒の肴もゴーヤ料理母親から「お店に豆腐を買いに行って」と頼まれる。ゴーヤチャンプルを作るようだ。

またスイカ、カボチャ、ウリ、マクワも畑の土手に植えていく。

特にスイカはよく採れるが、カラスが狙っているので、食べられないように網を張って覆いをするのだが。それでも地面に降りたカラスが、網の横から嘴でつつこうとしているものや、電線に止り狙っているものがいる。

そこで犬のチビの出番だ「ワンワンワンワン」吠えてカラス目がけて突進していく、あわてて飛び立って逃げて行く、今度はトマトを狙っている、熟したトマトが数個、明日千切ろうかと思っていた矢先に全部持っていかれた。

獲られないように、網を隙間無く、丁寧に覆っていく、羽に網がかかると鳥は飛べなくなるので、近くまでは鳥は飛んでは来ているが、網に気づくと、あわてて、どこかへ飛び去って行く。

冷蔵庫の無い時代、スイカを冷やす方法は、井戸を使うのだ。カゴにスイカを入れ、井戸の水に届くギリギリの所、だいたい三メートル位が定位置、その位まで吊るし、固定しておく、半日程そのままにしておくと、冷たい井戸の水で冷やされ、おいしく食べ頃となる。今は冷蔵庫があるので、冷やすには心配ないのだが。

ヤマザクラの葉っぱが、エンジ色に輝き始めた秋口、政春が桜の木に登っていると揺れる枝の先から葉っぱがパラパラと落ちてくる。

全く汚れていないエンジ色のきれいな葉、鳥につつかれたのか切れ切れになった葉、黄色とエンジ色の混ざり合った葉、葉っぱにも特性があるのか、それぞれに事情があるのに違いない。

降りて葉っぱの絨毯を踏みしめる。ザクザクとした森の探索で感じる音「踏むのはもったいいな、葉っぱの落ちていない所を歩こう」大切なヤマザクラの葉、踏むと直ぐグチャグチャになり、汚い葉っぱになってしまう。

大事にしなければ、踏まないように気を付けて歩く。

「四」　お米ご飯

　今日は土曜日、午前中で授業が終わり、家に帰り着き裏戸から台所へ入って行くと、母親が食事の用意をしている、何故か今日はニコニコしている。竈の火の勢いが良い、しばらくすると釜から、湯気が上がってきて、いい匂いが漂いだした。火を止め、少し蓋を開けて蒸し始めた。

　蓋の側から開いている釜の中を覗くと、ご飯が白っぽい色をしている、麦の色とは少し違う。

　母親「政春、今日から、お米のご飯が食べられるようになるよ、お弁当もお米ご飯になるよ、いい匂いがしないか、お米を炊いているのだよ」と言った。

　政春「えーお米のご飯を炊いているの、今日から食べられるの、匂いがいいと思ったよ、早く食べたいな」

　母親「もう少し待ってね、今蒸している所だから」

　親に話はしていなかったが、学校でも毎日、麦ご飯の弁当を持って来る子はいない。一人で辛い思いをしていた、席の周りの子に引け目を感じていたのだ。

　生まれて初めてお米ごはんを食べた。甘みがあり、口の中にほんわりと行き渡る、何とも言えない感触、腹八分も忘れ、おかわりをした。腹一杯になった。

　政春「お米ご飯が食べたいと、隣の席の友達の弁当を横目で眺めて、おいしそうだなと何時も思っていたの、お米ご飯が食べられるようになってよかった、おいしいよ」

母親「そうか、もう安心だよ、堂々と弁当を広げて食べなさい」

夢にまで見たお米ご飯、食べたいと思っていた、仕切りつきの、新しい弁当箱も買ってくれた。

政春はお米ご飯を初めて食べたのが、既に九歳、成長盛りの時期、今までの麦ご飯とは違う「おいしい、これから毎日遠慮無く、腹一杯食べられる、うれしいな」

「学校の弁当もお米ご飯が入っている。もうはずかしくない、堂々と食べていいのだ」

母親が、今まで、なぜ麦ご飯だったのか話してくれた。

「終戦後から今まで十年間、お米は毎年良く獲れていたが、日本が食糧難の時期であり、農協も供出を積極的に進めてくるし、供出した後の残っていたお米も、都会の親族や父親の知人に頼まれて、分けていたのだよ、それでもまだお米が無いかと問い合わせがあり、結局一粒残らず出荷し、家に食べるお米はなくなってしまい、お米ご飯は食べられなかった。しかし、家には麦や蕎、粟などを植えていて、良く獲れるので食べるものには困らない、都会に住んでいる人より食べるものが豊富なので要望のあるお米を分けていたのだよ、家には色々な食べ物があるので、贅沢だったかも知れないね、今までお米を食べさせて上げられなくて、ごめんよ」

政春「日本は、主食のお米が不足していたのか、お米をどんどん作って供出してくれと、農協が騒いでいたのも食糧難だったからか、それで、うちの家では麦、粟、蕎を食料にする為に、たくさん作っていたのか、それも、毎年良くできていたから、母さんこれを売ってくれとの要望はなかったの」

母親「さすがに、そこまでの要望はなかったな、あっても出せないけれど」

政春「そうだったのか、お米は出荷してしまって、麦や蕎が家の食料だったのか、それで毎日、ご飯は麦だったのか」政春は初めて理解できた。

当時お米は貴重品で、あちこちから「お米はないか」との問い合わせがあり、断りきれなかったようだ。政春家の田圃の耕作面積は六反程なので、幾ら豊作で上手に作っても、とても需要に追い付けるような収穫量ではない。

戦後の食糧難の日本、食べる物も少なく飢餓が起こりそうな時代、収穫量が少なくても、欲しがっている、困っている人達に一粒残らず出荷していた、政春家は戦後の日本社会に、少ないながらも貢献していたのである。本当に大変な時代だったのだ。

政春家は、畑にも稲を作っていた。家の前は黒土で、水分を多く含んでいたので、水を補充する事なく、生育が良かった、別の畑はすぐ乾燥する、水をやらなければ稲は出来ない。水路もないので、池を作り雨の水を溜め、水の確保に苦労していたのが、今になって分かってきた。

畑には、もち米を植え、少し離れた、田圃にはうるち米を植えていた、同じ所に植えると、うるち米の花粉でもち米がうるち米になってしまう。もち米とうるち米が混ざってしまうと、餅の粘りがなくなり、正月の餅ができなくなる。

もち米は劣性遺伝なのだ。うるち米と完全に分けて植えなければならない。手間になるが、完全に別々の場所に植える必要があった。

近所では、田圃を一つ、全く別に作って、そこにもち米を植えていたようだ。

広い田圃に、うるち米ともち米を一緒には植えられないので、水の管理も特別にしなければならないのだ、もち米の稲作作りは大変、正月の餅がすごく貴重品に思えた。

村の各家庭でも、年末は餅つきをやっていたので、手間がかかるが、もち米は作っていたのだ。

ある日、父親が家の裏の空き地に粗末な小屋を作っていた「何を飼うつもりなのかな」と思っていると、どこで手に入れたのか、ヒヨコ十匹程カゴに入れて、抱えて帰ってきた。

鶏小屋を作っている、その小屋の中にヒヨコ用の小さな箱の籠を作っていた、その中にヒヨコを入れ飼い始めた。政春は珍しいので、ヒヨコの世話を引き受け、良く面倒を見ていた。

政春「早く大きくなってよ、たくさん卵を産んでね」ヒヨコにお願いしている。

何ヶ月か先には、卵焼き、卵がけご飯が食べられるようになる。

それから六カ月後、朝の食卓にも弁当にも卵料理が並ぶ、学校でも引け目を感じない。両親に感謝する気持ちが湧いてくる「もっと家の手伝いや勉強にも頑張らなければ」政春は思うのだ。

一年程たって、桜の木の葉っぱが全て落ち、幹の色が黒っぽく灰色になった真冬、ボタン雪がふわりふわり、と降っている真夜中、裏の鶏小屋がすごく騒がしい「こけこっこ、こけこっこ、バタバタバタバタ」鶏が飛びまわっているようだ。

何事かと思って目を覚ますと父親が「政春、今外へ出るな、危ない」

野犬が数匹小屋の外から鶏を襲っているのだ。朝見ると数匹食われて、鶏の数が減っている。

毛があたり一面に散らばっていて、すさまじい光景を目にしたのである。

政春は、飛び散っている鶏の毛を丁寧に掃除し、取り除く「鶏が少なくなったな、襲われなかったここにいる鶏は、ケガしていないのか、大丈夫かな、これから、この鶏は卵を産んでくれるのかな、怖じ気づいて産んでくれないかも」

その日、父親が、ノコギリと鎌を持って裏山に入っていった。たくさんの木を切って鶏小屋の裏庭へ運んで来た。その木を丁寧に加工し、一本一本地面に打ち込んで行く、鶏小屋を強く頑丈に隙間なく、作り直していく。

父親「もう大丈夫だ、隙間もないので、野犬の入る隙間はなくなった。もう来ないだろう」

その後、野犬が現れる事もなくなった。また卵焼き、卵がけご飯が食べられる。

所が数日後、鶏小屋にヘビがいるのだ、母親に「鶏小屋にヘビがいる」と言うと、母親が急いで小屋に入り、ヘビを追っ払った、母親は「卵が好きなヘビもいるが、この辺のヘビは鶏の卵は、大きすぎて、多分食べないだろう、いくら顎が自由に動いても、ちょっとこの卵は、でかすぎるから」

母親「いなくなった鶏たちの供養をしよう」お米を少しと大豆を皿に盛って鶏小屋の入り口付近に供え、両親とともに拝む。供養が済んだら、鶏の餌箱へ「こっこ、こっこ」喜んで食べている。

餌やりは政春の仕事、餌箱へお米、小麦、大豆、とキャベツを細かく切って、水と一緒に入れる。

卵を何時も数個産んでいるので、戸を開けて、卵を拾い、籠に入れると、母親のいる台所へ持って行く。早速弁当の卵焼きを作り、朝ご飯の卵がけご飯の用意をしている。

鶏もたまには、外で自由に餌を探し、遊びたいのか、ドアを嘴でコツコツ叩いている。

父親「たまには、外に出してやるか、外の空気も吸いたいのだろう、ただどこに行くか分からないので良く見張ってくれよ、遠い所へ行く気配があったら小屋に餌をまくと、戻るようになるから、どうしても、戻らなければ、つかまえて、小屋に入れてよ、政春頼むよ」

夕方、鶏を小屋へ戻す時間が来た。野生化してないので、小屋に餌を用意して、戻るように仕向けると直ぐ小屋へもどってくれた。鶏も七~八年経ち年寄りになってくると、卵を産まなくなる。その為、養鶏業者に取りに来てもらう、鶏肉として販売するようだ。村人の中には飼っている鶏を、鶏肉にする人もいるが、政春家の両親は「何とも可愛そうなので出来ない」と言って、業者に渡すのだ。


ヤマザクラの蕾が膨らんできた初春のある朝、目が覚め顔を洗う為に裏戸を開け外へ出ると、何かドタバタ音がしている、井戸の近くを良く見ると、野犬同士が交尾をしている。

政春はビックリ、激しく争っているように見える、バケツに入っていた水も、暴れた影響でひっくり返されている。

発情の時期なのか、二匹はなかなか離れない、「ウオーウオーウオー」と威嚇するように吠えながら二匹が絡み合い、こちらを向いてわめいている。

以前父親から「交尾をしていたら、水をかけると離れる」と聞いていたので、井戸の側に置いていた水の入っている、もう一つのバケツの水を交尾中の犬に目がけて、思い切りかけて見た。

あっと言う間に離れたが、襲ってくるかも知れない恐怖を感じ、身構えた。しかし二匹の犬は勢いよく裏山の方へすっとんで行き、安心したのか「ワオーン、ワオーン、ワオーン」と何となく優しそうな声で吠えている「恐怖を感じていたのは犬の方だったのか」

しばらくすると、ざわざわしていた物音がしなくなったので、遠くに行ったようだ。

両親にその話をすると、父親が「政春はまだ小さい子供なので、犬が交尾しているような時は近づくな、凶暴になっているので襲われやすい、気をつけなさい」

うちの犬のチビは静かにしていたが、怖くなかったのかな。

そっと近くによって行くと顔をよせ、うれしそうに舌を動かし、ペロペロと手をなめにくる「よしよし、かわいいな」今の状況を見ていたはずなのだが。何事もない様子で人なつこいチビらしい動作を繰り返えしていた。

それから三日後、近くの直樹おじさんが、大きな声で父親を呼んでいる。

直樹おじさん「初にー大変だ、牛が一頭牛舎から外へ出て行ってしまった、この辺りには、見当たらないので、一緒に探してくれないか、頼む」

父親「よしゃ　分かった、直ぐ行く」急いで縄を用意し、直樹おじさんの後について行く。政春も後を付けて行く「一緒に探してあげよう」

父親「山の中には、牛の好物はないので、入って行かないと思う、田圃や畑のあぜ道、草がよく生えているような場所を探そう」

近くの田圃には見当たらない、海に向かう小道、近くに段々畑がある。そこの点々と連なるようになっている一画、その畦道に草を食べている牛を発見した。父親が直樹おじさんを呼んでいる「春田の池の近くの、段々畑におった、今から捕まえに行く」縄に丸い輪を作り、牛を捕まえるのだ。

父親は牛に近づくと、縄を投げ、牛にからませた。うまく捕獲できた、直樹おじさんが走ってやってきた、その縄を受け取ると「すまん、助かったよ、初にー有り難う」と感謝している。

政春はこの大捕物を目撃「力の強い大きな牛が逃げ出すと大変だ、牛を扱い慣れているような人でないと、発見や捕まえる事は難しい、素人ではできないな」見事な捕獲の一部始終に感激した。

次の日、直樹おじさんが訪れ、父親に礼を言い、お礼として牛乳を三本頂いた「政春君、飲んでよ今絞ったばっかりでおいしいから、健康にもいいのでね、大きくなったら、初にーのように、何でも出来るような人になりなさいよ」

夏休みになった。四十日間の休み、宿題もいっぱい出ている。朝起きて顔を洗い、歯を磨き、庭で軽く背伸びする。近くのお寺、安楽寺の敷地でラジオ体操があるので、出席表を首にかけ出かけて行く。近くの友達十人程が集まっている。皆眠たいのかアクビをしたり、目をこすったり、だらだらして、体操をしているのかどうか、手足だけは動かしているが。

体操が終わると、出席のはんこを貰って、家に帰ると、朝ご飯の用意ができている。お米のご飯、卵焼き、味噌汁、タクアン、何時もの朝食を済ますと、チビの餌やり、ご飯の残りに味噌汁をかけてチビの前に置く、よく食べている、あっと言う間に空になった。おかわりを持って行こうとすると、母親「犬は食べ過ぎると病気になりやすい、良くないので、それぐらいにしときなさい」

政春「チビよ、かわいそうだけど、健康の為、食事はここまでな、あとで、散歩に連れていってあげるからな、よしよし」

首にヒモを付け、神社の方向へ行くと、お参りに近所の幸恵おばちゃんが来ていた「おはよう御座います」「チビさんと散歩しているの」と挨拶を交わし、一緒に拝んで、神社の階段を降りて行く。階段にカエルが跳ねていた。チビが追いかける、カエルは山の中へ入っていった。

何かチビが吠えだした、動く物がいる、ヘビだ、かなり大きいアオダイショウ、チビも必死で向き合っている、ヘビはカエルを追っかけてきたようだ、カエルが好物のようだ、ヘビも山の中へ入っていった。チビが吠えながら、ヘビの後を追っかけようとする。

政春「ヘビは、その辺にはいないよ、さっきのカエル食べられてないかな、さあ階段を降りよう」

散歩から帰ると母親に、アオダイショウのヘビがいた話をしていると、
母親が「この辺は、マムシがたくさんいるので、草むらに入る時には、周りを棒でつついて、ヘビがいないか、良く確かめてから草むらへ入りなさい、気を付けるように」と言われた。

アオダイショウは、毒を持ってないが、マムシは猛毒のヘビだ、これに噛まれて半日手当しないでほっとくと、命を失う危険がある、直ぐ病院に行って、必要な処置をしないと危ない。

父親「この付近、特に田圃の畦の草むらに渦を巻いて、潜んでいる事が多い、それを踏みつけると足下を噛んでくる。畑にも良くいる。危ないので、良く確認して、田圃や畑に入るように」

そして、父親からマムシに噛まれた時の応急処置を教わった。

父親「まず、五時間位は大丈夫なので、落ちついて行動する事、まず噛まれた部分の毒を口で吸い出し唾と一緒に吐き出す事。次ぎに噛まれた傷口より心臓に近い部分をタオルや布などで縛り、毒が心臓から全身に回るのを防ぐ事、走ったりはしない事。水分を良く摂り利尿作用を起こさせ、しっこを頻繁にする。冷やしてはいけない、落ち着いたら病院へ、血清注射の手当を受ける。ほぼ一日位で回復するようだ。これをほっとくと命の危険があるからね」丁寧に説明してくれた。

気を付けて行動していたので、政春は噛まれた事はなかったが、近くの民子叔母さんが噛まれ、父親がすぐ飛んでいって応急処置を施し、その後、病院へ、大丈夫だったようだ。

父親は良くマムシを捕まえてきて、マムシ漬けを作っていた、生きているので、瓶の中で暴れる様子が良く見える。その時に口から出る液が良いそうだ。弱ってきて静かになると、とぐろを巻いているマムシの形が瓶の中で見られる。気持ちが悪くなりそう、頭が三角で、歯がするどく、さほど大きくはないが、怖そうな顔。アオダイショウの方が随分と大きいが毒を持ってないので怖く感じないのだが。

マムシ漬けの汁は、体を元気にするとの事、父親「政春、体が元気になるので飲みなさい」良く飲まされていたが、気持ち悪く、進められても、あまり飲む気がしない。

今年もヤマザクラの葉っぱが青々と繁ってきた初夏の時期、木に登ろうとしていると、セミが数匹パッと飛び立ち逃げていく「セミは短い命、夏が過ぎると、この命も終わってしまうのか、折角楽しく鳴いているのに邪魔をしてはいけないな、この時期の木登りはやめておこう」

セミの声が最もうるさくなるお盆の時期、今年も夏祭りの季節がやってきた。村の役員達数人で、景品を買う為に寄付を集めに回っている。

盆踊りの日、各家の主人が集会所に集まり、祭壇や祭りの段取りをして、亡くなった人がいる家庭に連絡を行い、その家族達を集会所に集め、区長の挨拶の後、六十件程の世帯の村人達、二百人程が集まり、盆踊りを行い供養するのだ。

役員や、村人達数人で役割を決め、集会所の空き地に、板と青竹の組み合わせで台を作っていく、括り付けるカズラは集会所の裏山にたくさんあるので担当の役員が鎌で取ってくる、そして青竹や板を頑丈にしばりつけ、それを何段にも組み上げ、高いやぐらに組み上げる。

そのやぐらの上に、集会所に備えている、タイコや笛などを運び上げて歌や演奏ができるようにしていく、やぐらの周りに笹の竹で囲いをして準備完了。

踊り子数人が囲いの中に入って来た。

演奏する数人と「うたこ」がやぐらの上に登ってきた、盆踊りが始まる。

「うたこ」は毎年決まった、近くのおじさんだ、村独特の歌を披露し始めると、踊り始める。

最初は踊り手も少ないが段々と増えて来る。「うたこ」の歌がまた奇妙で面白い。

「ドンヒラ、ドンドン、ピーヒャララ！踊らぬ奴には、おまけはやらん、お菓子もやらん、ラジオや景品もやらん、そこらで騒いでいる、ぼんやびこ、さあ踊ろうよ、はあー　ヨイヨイー　ドコイシヨードコイショー」

何時も気軽に声をかけて来る、子供達にも人気がある、家の近くの面白く気さくなおじさんが歌っている。手慣れているのか、演奏とピッタリ合っている。

少しお酒が入っているのか、顔が赤い、歌もだんだんエスカレートしてくる。「そこら辺の、ぼん（少年）びこ（少女）達、踊らにゃー、お菓子はやらん、はあー　ヨイーヨイー　ドコイショー」

遊びに夢中になっていた、ぼんやびこ達や世間話しで盛り上がっていたおばちゃん達は、その歌を聞いてあわてて踊り子に加わる。

笹竹の囲みの中では大人や、子供達の踊り子で一杯になった、皆、楽しいそうに踊っている。

二重三重の輪が出来た、段々と盛り上がり、最高潮になった所で、一人一人が持っている番号札の抽選会「五番ラジオ、十一番掃除機」歓声が上がる。特に掃除機には大歓声が上がる。

政春はお菓子が当たった。

このおじさんの歌は本当に面白い、踊り子の様子を良く見ている、場面、場面の中で即興の歌詞を作って歌にしていく、ますます盛り上がり、楽しくなっていく、参加している大人達や子供達も、楽しいのと歌の面白さで腹から笑いがこみ上げて止まらない。

大きな楽しい笑い声が会場に響いてくる。

今日は、村の子供達も沢山集まって来ている。日頃遊ぶ事のない、ちょっと遠い友達とも会える。ついつい夜遅くまで遊んでしまう。

踊りが終わって、家に帰ると食事や風呂は、さっさと済ませて、眠りこけるのである。

夏休みも後一週間、さあ宿題をやらなければ、間に合わない、気合いがはいる。

ドリルの宿題をまず終わらせて、今度は作文の宿題、題は「夏休みで楽しかった事」

政春は（面白い、盆踊りのうたこのおじさん）を書く事とした。


日曜日は朝早くから近くの池に釣りにでかける。エサはミミズ、よく鮒が釣れる、カメが釣れた時もあるが、逃げようとして糸を食い千切るので、出来るだけカメの少ない池を選ぶ。

母親が釣れた鮒を料理して食べさせてくれる、まずウロコを取り、水洗いをして、七輪で焼き醤油をかけて食べる、たまに、天ぷらやトントン飯にする事もある。

政春も料理の仕方を覚えて来た、釣って来た鮒を率先して料理、天ぷらと鮒飯を作る。

ウロコと頭、大きな骨を取り、まな板の上に乗せ、包丁を使いトントンと叩いて、小骨や肉をみじん切りにして、少し油を引いたフライパンで軽く炒め、それを団子に丸めて小麦粉を付け天ぷら油で揚げて行く。

骨まで食べられるので、栄養満点。

また砕いた鮒を、少し醤油を加えたお米と一緒に炊いて鮒飯にする。やや泥臭い匂いがして、味に癖があり、嫌いな友達もいるようだが。政春は全く気にならない、おいしく食べている。

母親「この鮒料理は、カルシューウム、動物性タンパク質も摂れるし、元気になるよ、毎日食べると良いのだよ」と教えられている。

政春は痩せてはいたけど、いたって元気、朝早く起きての登校は、疲れるが休むこともなく、学校では先生の授業に集中している。前の席の子が居眠りしている。軽く後ろからつついて見ると目を覚ました。

その子や周りの生徒も先生から、席の近くの連帯責任を問われ、怒られる所だったが助かった。

政春は、夜ぐっすり寝ているので、授業中、居眠りする事もなかった。しっかり前を向いて、元気で頑張れていたのも、この鮒料理のおかげかも知れない。

ヤマザクラ満開の春休みのある日、何時もの池で政春は友達と、釣りをしていた。突然池の持ち主のおじさんが現れ「この池で鯉を飼うことになったので、釣りはしないでくれないか」と言われたのだ、この辺りで一番大きな池、よく釣れていたのでがっかり。

次の日、その池のおじさんが、バケツに鯉の稚魚を入れて、池に放している。百匹位はいただろうか赤や黒の縞模様、白、黄、色々な模様が見える、かわいい鯉がいっぱい「鯉たち、大きく育ってくれ」とおじさんは声をかけている。

池の中に入れると直ぐに見えなくなった、「大きな魚に食べられるなよ、小さいので、何匹大きくなってくれるかな」おじさんは心配している様子。

政春達は、その後、幾つかある池をまわり、釣りをするのだが、おじさんの池より釣れなくなり、池での釣りも、期待出来なくなってきた。近くの川にも行って見たが、魚が住んでいるようにない、釣り竿を垂らすが、全く浮きが動かない。

田圃の側を通っている、溝に、ドジョウが住んでいそうだ。早速その溝に入って、籠で掬って見ると二匹のドジョウと小さい鮒が入っていた。

何回か掬ったのだが、最初に掬った時に取れただけで、その後は全く獲れない、田圃の側に流れている、小さな川にも行って見たが、入っていない、ドジョウ掬いはやめる事にした。

池や川での釣りは期待出来そうもないので、一キロ程先の海で、磯釣りを始める事とした。

やや遠いのだが、磯の香りが漂い、気持ちが良い、早速、朝早くから岩の多い海岸に釣り餌にするゴカイを掘りに行く。

友達のお兄さんは磯釣りが大好きで、ゴカイのいる場所を詳しく知っている、教えてもらった。

「干潮になるのを待って、海辺へ行く、波打ち際のやや大きめの石をひっくり返し、窪みに海水と砂が混ざる、その下を掘っていくと、ゴカイがゴソゴソと動いているのが見える、それをすくい取り砂を少し入れた餌箱に入れるとゴカイも長生きする、生きているゴカイの方が良く釣れる」

波打ち際の岩場は、満潮時には海水で見えなくなる、波が当たっている砂場を掘っていってもゴカイはいない。干潮になるのを待つしかない。

朝が早いので一旦家に帰り、朝食をすました後、釣り竿を担いで、波止場に出かける。海の魚は、潮の満ち引きに大きく関係する、満ち始めた時に岸辺に多く寄ってくるようだ。

ギザミ、アジ、イワシ、サバ、カレイ、サヨリなどがよく釣れる。海が荒れると全く釣りにならない収穫ゼロの坊主の日もあるのだが「両親が喜んで食べてくれる、一匹でも釣って帰らなければ、しっかり動物性タンパク質を補充しなければ、遠い学校まで歩けない、元気に過ごしていけない」の使命感で釣り竿を垂らす、ひたすら待つのがまた楽しい。

釣り場の近くの、丸尾川の水が流れ込んでいる汽水域で、アサリガよく採れている。ハマグリも採れる時がある。四月頃の干潮のほんの二～三日、量も少ない。

アサリは小さな篭いっぱい採れていたが、採れる場所を大人達に知られ、また噂を聞いた近隣の人が多く獲りに、行くようになって、全然いなくなってしまった。狭い場所だったので、すぐに採り尽くされる。

また、この辺りの岩場は青のりが多く生えている。小さい鎌でこさぎ取るように採って行く、ワカメも海岸に打ち寄せている。

青ノリは、よく水洗いをして一日程干して乾燥させた後、袋に入れ保存する。細かく砕いてご飯のふりかけや味噌汁の具材となり、磯の香りがして食欲をそそる。

ワカメは水洗いして、二日程、日陰に干し乾燥させ保存しておく。味噌汁、酢（カボスの酢）の物がおいしい。

アサリは一日程、塩水につけておくと潮と一緒に砂を吐き出すので、身には砂がなくなって、食べやすくなる。また鉄板の上で醤油を加えて焼く、アサリの口が開いたら、酒を数滴口の中に落とす、父親の酒のつまみに丁度良い。

また母親が作ったアサリの味噌汁をお米のご飯と一緒に食べる、夕食で食べきれないので、朝食で卵がけご飯と一緒に頂く、ご馳走だ。

また、牡蠣が波の良く当たる浜辺の岩場に、無数にひっついているので、それを鎌でそぎ落とし、自宅に持ち帰ったのだが、母親から「夏場の牡蠣は毒性があるので食べてはいけないよ、お腹を壊すので畑に穴を掘ってそこに埋めておきなさい」注意された。

夏場の岩牡蠣は、毒性のプランクトンを食すので貝毒が発生、沸騰させても毒が残っているので、お腹を壊すようだ、要注意。

政春は岩場の牡蠣の話をすると、父親も獲って食べた事があるらしく、身入りが少なく、毒性があって、あまりおいしくないので、食料にはならないと言っていた。

政春「大人は知っていたのか、それで、浜辺の岩場にある牡蠣は獲られずに、岩場に、たくさん残っていたのか、毒性があったのか、全く知らなかった、他の友達にも知らせておこう」

浜辺にはテングサが良く獲れる、日曜日、母親と、籠いっぱいになるまで、獲りに行く。テングサは寒天の材料になる。まず採取して水で軽く洗って砂を落とし、日光に干して、白くなったものを沸騰させ煮詰め、凝固成分を作りだし、冷やして固める。豊富な植物繊維を含んでいる。

母親がこれで、(ところてん)を作ってくれた。さっぱりしたおいしさ、腹が減っている時の最高の間食となる。その一週間後、隣の幸恵おばさんが「政春君食べてよ、八代浜海岸にテングサ獲りに行ってたくさん獲れたので、ところてんを作ったよ、食べてね」持ってきてくれた。

テングサは五月～六月の時期に良く獲れる事は、地域の人は、良く知っている。八代浜海岸は良く波があたるので、海藻類がたくさん打ち寄せてくる場所、昔は砂金が取れていたようだ。以前、対岸のおばあちゃんが溺れて打ち寄せられていた海岸も八代浜海岸。岩場が多く、満ち潮の時は、波が打ち寄せ、岸伝いには歩けない。波も、荒々しい、海藻類以外にも、対岸から色んなものが流れ着いてきている、特にプラスチック類が多い。

海に物を捨てないように願いたいものだ。

政春は海が好きになった。小さい時は、全く泳ぎを知らなかったが、五歳頃泳げるようになった。波止場近くの浜辺で、友達とボール遊びをして、騒いでいたのだが、友達が打ったボールが転がり海の中に落ちてしまった、取りに行こうとして海の中に入ったのだが、突然海の中の窪みに嵌った。口元まで海水につかる。一生懸命足を立て、背伸びをするのだが海水が口に入り込んでくる、まったく息ができない。とっさに手を動かし、そして足に力を入れ、飛び跳ねるように動かしていると体がフワリと浮き上がって、息が出来るようになった。

犬かきのような泳ぎ方となったが、岸までたどり着けたのだ。その時に自然と泳ぎ方を覚え、体の浮き方も分かってきた。泳げるようになったので、夏場は何時も海に行くようなり、率先して泳ぐようになった。海が友達のように好きになってしまった。

政春の夏休みは毎日のように海へ、自己流であるが平泳ぎ、背泳ぎ、バタフライ、自由形、泳ぎには自信がついてきた。泳ぎが好き、釣りも好きだが。

夏休みのある日、浜辺で友達に自由形などの泳ぎの自慢話をしていると、その話を聞いていた泳ぎの上手な、一年上の裕章先輩が「どちらが早いか、あの波止場まで競争しよう」誘ってきた。小学校四年生位の時だ。

あの波止場まで競争だ。一斉に飛び込んだ。出足快調、ほぼ同時、二十メートル程は負けてはいなかったが、徐々に差がついてきた。

裕章先輩の足腰のキックが鋭い、横に泳いでいても感じる程だ。遠くから友達が「頑張れ頑張れ」応援団が叫んでいるが、どちらを応援しているのか、はっきりとは聞き取れない、必死なのだ、約二百メートルはあろうか、これ程の距離を競争で泳いだ事のない政春は、体力が段々なくなっていく、離れるばかり、まったく追いつけない。

政春の得意な自由形での勝負であったのだが先輩は速かった、三メートル以上離され完敗だった。

政春はくやしかったのだが、裕章先輩は泳ぎのうまいお兄さんに泳ぎ方を習っている。政春は自己流大きく腕を上げ二回掻いて息継ぎをする、独特のホームで臨む。

裕章先輩のホームは腕を細かく動かし、三回掻いて息継ぎをし、腿を使って足を細かくバタバタさせている、動きもスピードも速い。全く歯がたたなかったのである。

また学校のプールで水泳の競争大会があった。先生から「政春君泳ぎがうまいので出なさい」と出場を命じられた。参加人員を見るとそこに泳ぎの上手い、裕章先輩含め六人がいた。

今度は自由形二十五メートル競走だ。必死で頑張る、最後は息が切れそうだ、三番目にゴール、やはり裕章先輩がトップ「すごい、早いな」

裕章先輩は勉強もできる、政春の村のリーダー的存在。貼りだされた成績はいつもトップ、学校の中でも際立っている。

隣村の子供達が、裕章先輩に村対抗の野球大会をしようと言って来た。もちろん裕章先輩は引き受けた「迎え打ちにしようで、相手のピッチャーはたいした事はないからな、頑張ろうぜ」裕章先輩がメンバー表を作成、政春は二番レフトのポジション。

相手のピッチャーは同級生、なかなかコントロールが良い、アウトコースのボールをそのまま打ち返した。センターを超え、二塁打、皆拍手して喜んでいる。裕章先輩が喜んで迎えてくれた。

しかし、政春の村のピッチャーが疲れたのか、ボールのスピードが落ち、打たれ出した「誰か、ピッチャー変わってくれないか、腕があがらなくなった」その声を聞いて政春が手を上げた。

ピッチャーへ、投げ始めた所ポンポン、ヒットを打たれる、打ち頃のスピードか負けてしまった。

裕章先輩「悔しいな、今度雪辱戦をやろうぜ、次の試合までに、ピッチャー三人はいるので、放課後に投げる練習をやろうな」励ましている。

政春は何時までもここにおる訳には行かない、早く帰らないと、牛やチビが待っている、餌をやらないと、家に帰る準備を始める。

ゴムボールなので手がグローブ、バットは木の枝、捨てれば良い、片付けなどはまったくない、次回の試合の約束をして「それじゃ、お先に」すっとんで帰って行く。

ヤマザクラの花満開の時期が過ぎ、葉が青々として来た春先、雨の全く降らない日が、何日も何日も続く、このままでは、作物が枯れてしまう、田植えもできなくなってしまう「雨が降るように、村で雨乞いの行事を、春日神社で行うので集まって下さい」と村の役員が連絡してきた。

政春家の隣の春日神社に村人が集まってくる、お米やミカン等のお供え物を用意して神殿に飾った後神主が拝む、そして村の参拝者に向かって笹でお祓いを行い、雨が降るように願う。

神主さん「こんなに何日も降らない日が続くことは今までになかった、田植えまでには、何とか降ってくれますように願うばかりだ」村人と話している。

次の日、セミ取りに向かっていた公夫君が走って政春の所へ駈け込んできた。

公夫君「すぐ下の春田の大きな溜め池が、僅かに水を残して底が見えている、バチャバチャ音がしている、鮒がたくさん浮いているようだよ」

急いで春田の池に行くと、残っていた池底の泥水に、たくさんのウナギや鮒が跳ねているのだ。空の方を見ると、大きな鳥が空から魚を狙っている。公夫君が池の降り口から指をさし「あそこだ、政春君鳥が今にも降りてきそうだし早く獲りに行こう、泥水で足がぬかるみ、はまったら大変なので倒れている木を足場にして、池に入ろう、階段があるのでそこから入ろうぜ」政春は家からバケツを持ってきていたので、池に入り、手で掴もうとするが、ウナギはヌルヌルして掴めない。

政春「そうだ、手でウナギを掴み獲るのではなく、バケツでそのまますくい取ればいいのだ」泥と一緒に、ウナギ五匹、鮒も数匹すくい獲れた。

公夫君がウナギを二匹、政春も二匹、剛君に一匹に分けた。家に持って帰ろうとするのだが、バケツの中でバチャバチャバチャ暴れて、今にも外へ飛び出しそうになる。

持っていたタオルで、バケツに蓋をした。タオルの蓋を手で抑え込みながらバケツをひっくり返さないように抱きかかえる。泥も入っているので重い。

ウナギの動きに合わせて体を曲げたり伸ばしたり、不安定な動作を繰り返す、一匹も逃がさずに何とか家まで辿り着いた。しかし無理な動作をしていたのか、体のあちこちが痛くなってきた、公夫君は一匹飛び出し、捕まえるのに大変だったようだ。

父親がバケツを覗き「こんな大きなウナギが獲れたのか、今から料理をするので、七輪に火を焚くので手伝いなさい、蒲焼にして食べよう、醬油、砂糖の用意をしなさい」と告げると板に金槌で釘を打ち込み始めた。ウナギ料理を始めるのだ。ウナギを綺麗にさばいていく。

七輪に火を起こすのも結構難しい、まず、枯れ葉を置き、その上に枯れ木の小枝をのせ、枯れ葉に火を付け、燃え上がったら、小さなワレキをくべる、ある程度燃えて、火が小さくなったら、網をかけ、ウナギを焼く、火が強すぎると、ウナギが真っ黒の炭のようになってしまうので、火が上がらないように、炭を少なめにして焚く、又ウナギの油で火が燃え上がる事もあり、焼き方が難しい。

焼き上がったら砂糖、醬油をまぶして再度焼き蒲焼にする、良い匂い脂がのっておいしいそうだ。焼き上がったウナギを一切れ食べた政春は「ウナギの脂が口の中にフワーと入って来る、鮒の味とは全く違う、こんなに美味しいのか」感激する。

父親が酒の肴にしておいしそうにお酒を飲んでいる。父親の姿を見ていた政春は次の日、まだいるのではないかと思い、ウナギの獲れた、春田の池にバケツを持って行ったのだが、池は水が一滴も無く、すっかり乾いてしまっている。

ウナギや鮒は一匹もいない、空をくるくる回っていた鳥もいなくなっていた。完全に干上がっていた他の三つの池に、友達数人と公夫君のお兄さん達と一緒に見に行ったのだが、全く影も形もない。池はカラカラに乾きヒビ割れている。

政春「がっかり、父親の喜んでいる姿を見たかったのに、もっと食べさせてあげたい、親孝行したかったのに」気持ちはあるのだが、残念。

雨が降らない日がまだまだ続きそうだ。父親は、毎日外へ出て空を見上げている。

このまま、水の無いカラカラのヒビ割れている池底にしておくと、水が抜けて溜まらなくなり、田圃に水が引けなくなってしまう。

其の為、池の持ち主のおじさん達は、畔を作るように鍬で土をすくい、ヒビ割れている場所の補強をし、丁寧に直している。

農業は水がなければ、作物は成長しない。野菜の生長もない。雨が降らなければどうにもならないのだ、自然を相手にする産業である、井戸から汲み上げて畑に水を撒いて、何とか畑の植物は枯れずに、保っていたのだが、この干ばつ、井戸の水が枯れた家が出てきた。

畑の水どころか、人間の飲み水にも困りだした。

直樹おじさんの所の井戸が枯れたのだ。政春家に水をもらいに直樹おじさんがやってきた、父親と話をしている間に、政春は、つるべで水を汲み上げバケツ二杯をいっぱいにして、用意しておく直樹おじさんの井戸は、浅い井戸で、枯れてしまうのが早かったようだ。

直樹おじさん「政春君、働かせて、済まないな、ありがとう」

政春「雨が早く降ればいいのにね、井戸も水でいっぱいになるといいね」

父親「こんな干ばつは、始めてだ、畑に野菜が植えられないので、困っているよ」

直樹おじさん「野菜もダメだけど、人や牛の飲み水にも困っている、お天道様はどうなっているのだろう、早く降ってもらいたい物だ」

父親「隣の春日神社で、雨乞いをしてもらったので、そろそろ、おかげがあると思うのだが」

それから三日目、三か月ぶりに雨が降った。二日間雨が続き、池の水もほぼいっぱいになった。田植えの時期には何とか間に合いそうだ「お宮での雨乞いのおかげだ、神主さんを呼んできて、お礼のお祓いをしよう」

春日神社に村中の人が集まった、安堵した顔をしている、手には、お供えの、お米を持っている、田圃に水がいっぱい、もう大丈夫、稲作が始まる前に、雨が降ったのだ。

神主「恵みの雨が降ってくれた、お天道様に感謝、二度と干ばつが、こないように、お米がたくさんとれますように、豊作を願う」

ジャラジャラジャラ、バシャバシャバシャ、笹でお祓いをうける村の人達。

「五」　伯父さん

田植えの季節がやってきた。田圃への水取りが始まる　今のように動力ポンプは無く水路もまったく整備されていない、人の力で、池の水や川の水を汲みあげて行く。干ばつによる池のヒビ割れも直していたので、いっぱいに水が溜まっている。

畑や田圃のあるその近くには、池が必ず存在する。

だが、田畑への水汲みが大変な作業、まずバケツに付いている、柄を外して水汲み用に改造する。手頃なバケツではない、家に転がっている、廃棄にする前の古びたバケツを使う。そのバケツの穴は小さいのでヤスリでその穴を削り大きくして、ヒモを通しやすくする。

また、このままでは、水に浮いて汲めない、軽いので浮いてしまうのだ、重くしないといけない。その為、水の中に、沈みやすくする為の、石をバケツの底に括り付ける。池に投げ入れた時すぐに沈むので水が汲みやすくなる。水はゴボッと一気に入ってくるのだが重いのだ。

父親と法雄伯父さんが、池の両サイドに分かれた。田圃の水汲みを始める。

タイミングを合わす「いちに、いちに」とリズムを執りながら水を汲みあげていく。田圃全体に水が行き届くまで汲みあげていく。すごい体力、朝から晩まで何時間もかかっている。翌日も汲みあげている。父親や手伝いをしている法雄伯父さんともクタクタだ。

池の水も半分程度に減って来た。汲み終わると、水が行き渡るように、田圃を鍬でならしていく、平らにしている、高低があると、低い所に水が流れてしまい、上流側に水が行かず稲が育たない。

その後、牛を使って、何時でも稲が植えられるように、鋤いて行く。

その日は二人とも疲れ切っている、お酒も飲まない。何もしゃべらずに不機嫌な顔、黙々と夕食を取っている、まったく傍に近寄れない。怒っているのかな。

酒好きの父親や法雄おじさんが、一滴も飲まないのを見るのは初めて、大変な重労働なのだろう、足や腰、腕を揉んでいる、体は大丈夫だろうか、無理をしているのだろう、心配になる。


次の年、ヤマザクラの花が満開の時期となったある日、法雄伯父さんが隣村からお嫁さんをもらう事になった。お嫁さんは、懇意の行商さんの親戚の人、お見合いをして、両方とも気に入っていたので、父親のように、全く知らなかった人ではない。

結婚式は法雄伯父さん方の自宅で行う、そのため、掃除、片付けが大変だ、家の中は、母親や叔母さん達が、畳の拭き掃除、玄関の掃き掃除、など、家の中を綺麗にしている。

外は父親や法雄伯父さんや政春達が、藪になっている、自宅近くの山を伐採し、それを集めて、束にして、山小屋へ持って行き、保管して、冬場の燃料にする。その後の片付け、庭の手入れ、掃き掃除、等々綺麗にしている。

母親から前の晩「政春、三々九度の盃にお酌をしてね、赤いお皿に、お酌するだけでいいからね」と言われた。巫女になる女の子がいないので、男の子の政春が代役する事になった。母親がやり方を教えてくれて練習もした。しかし緊張しているのか、前夜は寝つきが悪く眠れなかったのだが。

大、中、小三つの盃を使用して、新郎新婦がお酒を酌み交わす儀式で、一つの盃で三回お酒を酌み交わす、それを三つの盃で三献ずつ注ぎ頂く、行事を行うのだ。

母親から教えてもらったのだが、三々九度とは「お酒を三回に分けて、口に運ぶ事で、一口目は神様二口目は家族、三口目は出席者への感謝と誓いを込めて飲むものとされている」との事。

当日の結婚式は祖父の芳雄おじいさんの「高砂や、この浦船に帆を上げて、この浦船に帆を上げて月もろともに出で潮の、波の淡路の島影や、遠く鳴尾の沖すぎて、はや住吉（すみのえ）に着きにけり・・・」で始まり、お酌を始める。

周りを親戚のおじさんやおばさん達が、婚礼服を着て取り囲んでいる。

お酌が始まる、まず法雄伯父さん、続いてお嫁さんに盃を渡す、三回に分けて、それぞれに御神酒を注ぐ、二つ目の盃、三つ目の盃も同様におこなったが、その最中、政春は手が震え止まらない。

緊張している「御神酒をこぼさないよう最後まで頑張らないと」必死で自分に言い聞かせながら、何とか無事やり遂げた。終わった後、立ち上がるのが精いっぱい。席にもどる。出席者の挨拶が終わりやっと式が終わった。母親から「よく頑張っていたね、上手にできていたよ」と褒められた。

政春はおめでたい幸せな門出に、小さい子供でありながらも、式に参加し、役割も果たした。やり遂げて自信ができたのか、友達に「三々九度の盃は、三回注ぎ、それを大中小の盃にそれぞれ三回行うのだよ」実際の状況を実演し、解説して見せた。

法雄伯父さんの結婚式は、自宅で行われたが、その後の結婚式は式場で行われるのが常となり、自宅では最後の思い出となった。

父親と法雄伯父さんとは仲が良い、酒が大好き、何時もつまみを用意してきて飲んでいる。

農作業が終わると近所の若い衆と共に「おみやわき」の我が家で酒飲み会が始まる。そこに引っ越してきた、伯母さんの旦那、伸一伯父さんも加わり賑やかとなる、飲み方も半端ではない。

一升瓶まるまる入っている焼酎を直ぐの間に空にした。

まだまだ飲みたりないのか父親から「政春、焼酎、二本買いに行ってきておくれ」声がかかる。お金を預かって買いに行くのだが、またお店が遠い。

自宅から二キロ程先、買い物袋を荷台に積んで、自転車を走らす。行は下り坂なのだが、帰りは、登り坂となる、自転車を乗って帰れるほどゆるやかな坂ではない、きつい坂。

重たい、昔の自転車、力を入れて押さなければ動かない。

買いに行く道中、友達の家があるので、自転車からそれとなく見ると、友達が数人集まって、駒回しをしていた「ちょっと、顔を出して見ようか」

政春「駒回しをしているの、自分もやりたいな、その駒、貸してくれる」

駒を借りて回して見るのだが、うまく回らない。

政春「自分の駒を持ってまた出直してくるからね」友達と別れて、酒屋へ急ぐ「おじちゃん、宝焼酎二本下さい」　酒屋のおじさん「いつもの分ね、この宝焼酎は初にーが好きな焼酎だからね」

酒屋のおじさんは分かっている。そのはずだ、田圃からお店が近い、農作業が終わって帰る道中父親「そこの、お店で、ちょっといっぱい飲みに行って来るから、先に帰っていいよ」母親に告げてお店に向かうのだと、母親が教えてくれた。

田圃での農作業に母親と行ったはずなのに、一人で帰って来る、おかしいなと思っていたが。

お店のおじさん「政春君、お父さんは田圃の手入れの時には何時も寄ってくれる、近くのおじさん達が集まって、酒のコップを片手に、にぎやかに楽しく飲んでいるよ」と教えてくれる、なるほど、母親が言っていた通りだ。

政春はお店のおじさんと話している暇はない、早く帰らないと父親、法雄伯父さんに怒られる、お駄賃に干しイカのつまみと、お菓子を少し頂いた。

おじさんが心配そうに「石ころが多いので自転車を倒さないようにね、ビンが割れると、折角の焼酎が台無しになるからね、気を付けて帰りなさいよ」

政春「はい、気を付けます、坂は押してゆっくりかえるから」

登り坂なので、自転車は押しているのだが、酒瓶を積んでいる、自転車の前籠に買い物袋に入れ、乗っけているので、ハンドルが取られそうだ、倒れないように、しっかりハンドルを握っている。

急な登りの坂道になった、ハンドルを右手で、しっかり持って、倒れないように押して行く。お菓子をもらっていたので、食べたくなった。

もう一方の左手で酒屋のおじさんに頂いたお菓子の袋を破り、口の中へ、パリパリ頬張り、自転車を押して帰る、きついのも忘れる、楽しい手伝いだ。

帰って見ると父親が「遅かったな、随分待ったよ」待ちくたびれていたようだ。

伯父さん達はまた一段と盛り上がってきた。

突然、何の話がもつれたのか、父親と隣の若い衆とが、喧嘩を始めてしまったのだ。法雄伯父さんやそこに居る人達で「まあまあ、そう怒らずに、落ち着いて」と二人の間に入り、宥めて何とか丸く収まったのだが。

父親は次の日、喧嘩していた事を母親から聞かれたが、父親は全く覚えていない。

母親が政春に「父親は酒を飲むと気が荒くなるからね、覚えていないのも始末が悪いよ」

普段の父親は優しいが、酒を飲むと気性が激しくなる。酒飲みの席で意見が食い違い、気に入らないと思うとすぐ喧嘩を始めてしまう。

相手がおとなしい人ならば「まあまあ、いいじゃないか」で終わるのだが、意見を持っている、しっかりとした、おっちゃんとは言い争いの喧嘩になる。

今度は親戚の集まりの中で政春の義理の義人叔父さんと喧嘩になった。義人叔父さんは村でも有名な酒豪、喧嘩のきっかけは、コメの肥料のやり方にあった。丁度田植えの時期も済み、少しゆっくりできる頃だった、近々肥料や予防をしなければならない日が近づいている。

その当時は、粒の肥料を篭に入れ、手で撒いて行くのが常であったが、父親は農協の指導員から肥料を水で溶かし液体にしてジョロで撒く方法を習っていた。

その話をしている最中、何が気に入らなかったのか、大声で怒鳴り合いとなった。挙句の果てにはお互いが掴み合いまで始め出したのである。

皆で止めに入ったのだが治まらず、義人叔父さんは「家に帰る」といって帰ってしまった。父親は全く気にしていないようだ。大声で法雄叔父さんや近所のおじさん達と談笑している。

その後の父親と義人叔父さんとの関係は今までと変わる事はない。度々会っては、何時ものように仲良く話をしている「あの喧嘩は何だったのか、酒の勢いで喧嘩になったのかな、酒飲みはきらいだ大人になったら、こんな酒飲みにはなりたくない」と政春は心底そう思った。

ヤマザクラの葉っぱがエンジ色になった晩秋、何時ものように、政春が神社の階段を登り、獣道を通って、学校から帰って見ると、家の前で母親が若い女の人と話をしている。

「政春、カバンを置いてすぐこっちへ来なさい」母親から呼ばれた。

若い女の人がいきなり「学校からの帰り道、うちの弟、直人をからかって悪口を言い、虐めて、泣かしただろう、直人は一緒に帰るのを何時も楽しみにしていたのに」と言われた。

政春の家から一キロ程離れた何時も一緒に帰っている、同級生の直人君のお姉さんだ。村では怒りっぽくて有名な人だ。直人君とは十歳以上離れている。家でも、親より権力があり、直人君はお姉さんの言いなり、逆らえば、怒鳴られて、とんでもない事になると、直人君から聞いていた。

そんなお姉さんが、政春の家に怒鳴り込んできたのだ。

政春は見覚えがない「虐めたりはしていません、一緒に楽しく帰りました」

母親では説得出来そうにも無い、しつこく言っていると、困ったと思っていると、母親が「政春虐めたりしたらいけないよ、あやまりなさい」と言われてしまう始末、とうとう「ごめんなさい、今度から二度としません」と政春は仕方なく頭を下げ、あやまった。

「弟を虐める事や、悪口を言うと、今度こそ、許さんからな」とお姉さんは吐き捨てるように言うと怒りが収まったのか、後ろを振り向きもせず、帰って行った。

母親が「怒りっぽいお姉さん、やれやれ困ったものだ」と言いながら安堵していた。

帰った後「本当に虐めたのかな、いけないよ」と注意されたが。

政春は、納得できないので、次の日、直人君に、お姉さんが怒ってきた事を話すが、何事も無かったかのように知らないふり。

次の日、その次の日も何事も無いかのよう。直人君が信用できなくなってしまった。

その後徐々に離れて帰るようになった、一か月もすると一緒に帰る事も無くなり、友達付き合いは無くなり、もはや、遊ぶこともない。

直人君は大人しい、政春と性格が同じようで、良く気が合っていたのだが、

恐らく、強いお姉さんに頼んで反対に虐めにきたのではないかと、政春は勘ぐってしまう。村の友達も怒られた事があると言っていたので、友達にお姉さんの事を聞いて見ると、

友達「一緒に直人君と遊んでいただけなのに、怒られて、泣かされてしまった、もう一緒に遊んだりはしない、何も悪い事はしていないのに、怒られるは、いやだよ」と言っていた。

政春は、この事件後気付いた事がある。

「家族や周りの人、友達などにウソをつくのはお互いを傷つけ良くない事だ、お互いを信頼して仲良く付き合っていく為にはウソをついてはいけないのだ。正直に生きて行く事は、大事な事なのだ」と子供ながらに考えたのである。

もしかして、自分に気が付いてなく、直人君を傷つけたのか、しかし聞いても何にも言わない。少し不安になった。

政春は「悪かった所があれば、話してくれればいいのに」と思う。

母親から「ウソつきは泥棒の始まりだからね、ウソをついてはいけないよ」と繰り返し聞かされているが、ウソをついてまで、あやまらなければならないのが、納得できなかった。

考えれば考えるほど政春は、何がウソか本当か、分らなくなってしまった。

「直人君の家庭や性格を、もっと知っておけば、こんな事にはなっていなかっただろうな、家にも遊びに行けば良かったのかな、しかし友達は怒られたと言っていたが」と政春は考えてしまう。

政春には一つ年上の恭一伯父さんがいた。住まいがやや遠かったが、おじいちゃんやおばあちゃんの家に住んでいる事でもあり、自分の家に帰るような気分で頻繁に訪問し遊んでいた。

ヤマザクラの花が蕾から開こうとしていた初春、ツバキ満開の時期、恭一伯父さんは用事があるとの事で、メジロ探しには同行してなかったのだが。山から帰った政春は突然両親から、「明日以降恭一は居なくなるので、そのつもりで」何の事だか、さっぱり解らない。

隣村には、豆腐を製造している、店がある。山を隔てているので、遠いのだが、そこは、朝早くから営業している。

次の日、朝早く父親から「政春すまんが、隣村の豆腐屋へアゲと豆腐を買いに行ってくれないか、山越えの裏道を通って、買い物に行くように」道順まで指示がある。

裏道はもっと道が悪い、しかし、アケビや野生のグミ、いちご等たくさん採れる所なので、遊び慣れている。「はい、行ってくるよ」お金を預かり出かけて行く。

豆腐屋のおじちゃんが「朝早いね、お母さんに頼まれたの、もう少し待ってね、今作っているところなのでね、裏道から来たの、道は悪いけど、ずいぶん近いだろう、帰りは気を付けてよ」

一時間位待って、豆腐とアゲを袋に入れていると、おじちゃんが「この飴、一個だけど上げるので帰り道で食べてね、元気がでるから」

政春「有り難う、頂きます」飴を頬張りながら、裏道を帰って行く。

買い物に二時間位かかったのだが、帰って見ると、家の中がシーンとしている。親は居るのだが、どうしたのだろうと思っていると、
母親が「恭一くんが、お寺に奉公に行く事になって、さっき出かけて行った、芳雄おじいちゃんが連れて、そろそろ駅に着く頃だろう。学校の先生も見送りの為に、駅まで行ってくれているらしい、政春は、買い物に行って会えなかったけど、寂しくなるけど、元気を出して頑張りなさいよ、恭一伯

父さんも、政春、しっかり頑張るようにと言っていたから」と話があった。それで裏道を通るようにと、指示されたのか、恭一伯父さんに出会ったらまずいからだったのか。

父親の兄弟は五人。子供も皆、大きくなり農業だけの収入では、生活出来なくなった。その為一人でも食い扶ちを減らす為に、恭一伯父さんを、お寺へ奉公に出すようにしたようだ。子供一人を手放してどれだけ家計を助ける事になるのか政春は不思議に思ったのだが。

そのお寺は五十キロ程先、汽車で三時間程の所、先生と同級生十人程が三キロ程先の駅まで見送ってくれたと、後で芳雄おじいちゃんから聞いた。

仲の良かった恭一伯父さんが突然いなくなってしまった。政春の一つ年上なので兄弟のように慕っていた事でもあり、一段と寂しい気持ちが湧いてくる。

「朝早くから起きての庭掃除、それが済めば、床拭き、仏壇まわりの埃落とし等々。毎日一生懸命働いている」との手紙が来たと父親が話していた。

「学校は遠いのだろうか、友達は出来たのだろうか、勉強は頑張っているのだろうか、お寺の人は良い人だろうか」政春は心配するのだが。

政春は、学校から帰っても、恭一おじさんの事が頭から離れず、家から一歩も出ない、ぼんやりしている。近所の友達が「遊ぼう」と誘いに来るが、家から出る気がしない「恭一伯父さんのいる、お寺に行って見たい」と思う。

段々日が経ち、一ヶ月もすると家の中に一人で遊んでいた政春も、外へ出るようになってきた、二カ月もすると恭一伯父さんの事は忘れてしまった、それ以降、思い出す事は無くなった。

何となく、芳雄おじいさんの家が遠くになって行く、遊び友達がいない、まだそこに、いるような気がしているので、覗いて見るのだが、子供の話し声はしない、静まりかえった静かな祖父の家。

夏休みは近くの友達や先輩と海に泳ぎに行く、潜って魚を捕り浜辺で焼いて磯焼にする。皆で食べるはおいしい、海の遊びも結構楽しいのだ。天気の良い日には、かかさず泳ぎに行っていた。体中が真黒くなる程日焼けし、眼だけギョロギョロ健康そのもの。

学校では日焼けコンテストがある、三人ずつクラスで選ぶ、もちろん政春も選ばれている。特に政春は黒かった、しかし、ガリガリで痩せている。先生数人で選んで行く、上位三人の中に入るが、もう少し、筋肉がついておけば優勝できただろうが、残念、入賞止まり。


すごく暑い日、友達五人が海水パンツで、政春の家にやって来た。

友達「政春君、一キロ程先の、大池に泳ぎに行かないか、誘いに来たよ」

その大池は父親から聞いている「急に深くなっていてカッパも住んでいる。泳いでいると突然足を引っ張りに来る、危ないので泳ぎには行かないように」と言われていた所なのだ。

海水パンツで泳ぐつもりで来ているし、しつこく誘うので、しぶしぶ「じゃー行こうか、用意するので、しばらく待っていてよ」

海で泳ぎ方も覚えた事でもあり、友達も執拗に行こうと誘う。政春は海水パンツ、タオルを用意して待っている友達と大池に向かう。

池の水は冷たい、また、海とは違い浮力が小さい。海水は塩を含んでいるので、その分、真水よりも密度が濃く浮力が大きくなり、浮きやすい。

池の水は、体が浮かないのだ、水の抵抗で体が重くなって来る、泳ぐには足や腰、腕に力を入れなければ上手く泳げない。

政春は小さな池で泳いだ事もあり、海水と真水との違いは分かっていた。

大池は岸の方に少しだけ浅瀬がある、足が届くので、バシャ、バシャさせながら泳いでいたのだがその最中、友達の一人、順次君が手足をバタバタさせている。

岸より三メートル位先、カッパに足を引っ張られて連れて行かれたように深場に嵌まっている、全く足が届かない、泳げない順次君は口の中へ水が入り込んで、息をしようと必死でもがいている。

「大池は急に深くなっているので、危ない、泳ぎには行かないように」父親の言葉を思い出した。

政春「急に深くなっている場所。まさかカッパが出たのか、しかし伝説の動物、そのはずがない」

他の友達の方を見る、誰も何が起こっているのか気がついていない、ポカーンとしている。

必死で、もがいている順次君「泳ぎは自力で覚えるものだ、少々溺れていても、ほっとけば良い」と先輩や大人から教えられていたのだが、この池は違う、もがいても、もがいても、池底に足が届きそうにない深い池だ、このままでは、政春の小さい時に、自分が溺れた時の状況とは全く違う。海ではなく池なのだ、手足をバタバタさせた位では、体が浮いて来ない。

政春は、順次君の溺れている現状を目の当たりにした「このままほっといて、自力で岸まで泳いで行けるのだろうか、本当に溺れて池の底に沈んでしまうのではないのか、ほっとけない、大変な事になる何とかしなければ、父親や順次君の家族に怒られる」

直感で危機を感じた政春は、土手の側で足をバタバタさせながら、友達に泳ぎを教えていたが、すぐさま池に飛び込んだ。溺れている順次君の背後に回った。やや深く潜って順次君に近づき、手と頭で背中を突き上げるように押し上げた。

順次君の顔が浮き、口が水面上に現れた、息が出来るようになったのだ、ハアーハアー、呼吸の音が聞こえて来る。顔を浮かした状態を保ちながら、政春は足に力を入れた。手は順次君を押し上げる為に使っている。とにかく足の力だけで、力いっぱい、バタバタさせながら、スピードを上げ岸へ岸へと押し戻した。

二十秒以上かかったかも知れない。浅瀬の岸に順次君を押し上げた時には、政春は息も切れ切れになっていた。足も棒のようになっている。順次君の方を見ると、青白い顔で、咳き込んでいる、飲んでいる池の水を吐き出している。何が起こったのか、溺れていた事も分かっていないようだ。水を吐き出した後は、ポカーンとしている。

他の友達も気が付いた「順次君、助かってよかったな」声をかけている。やっと順次君は自分が溺れていた事に気がついたようだ。

安堵したのか「ホット」した顔をしているが、体がブルブルブル震え、口元が引きつっている。

政春は順次君にタオルを渡し、体を拭くように促すが、震えが止まらず、拭けそうにないので、仕方なく政春が体を拭いてやる、何とか落ち着かせようとするのだが。

政春達は、池から上がり、タオルで体を拭く、他の友達も、上がって来て体を拭いているが、順次君の溺れた状況に恐怖を感じたのか、うつむいたまま、何にも喋らない。

政春「さあ、帰ろうぜ、体が冷えてきたからな、歩けば暖まるから」

池からの帰り道は、友達全員、政春の後に従ってゆっくりゆっくり、歩いてついて来る。

あひるの行列のようだ。順次君が手や腕をバタバタさせて溺れている状況が、頭に浮かんでくるのか、青ざめた表情で、誰一人喋る者はいない。

俯いてポトポト歩きながら帰途に着く。楽しい気持ちも失せてしまった。

帰り際、政春は「じゃあねえ、さようなら」別れ際に声をかけたのだが、友達皆、頭を下げたままで、少し手を上げたようだが、下を向いたまま、声も出てこない。

恐らく、ここにいる友達は、この恐怖感を思い出したくないので、二度とその大池に泳ぎや釣りには行かないだろう。

政春は人の命の危険を感じた出来事は、これで二件目、どちらも救っている。

神社の傍で弱ってうずくまっていた、ヨボヨボのおじさんと、池で溺れた順次君、これからも長く生きていかなければならなく、そして、自分の人生を切り開き、家族を養って行かなければならないであろう、命の尊さを肌で感じたのだ。

ヤマザクラの葉っぱがエンジ色になった秋口、家の敷地に植わっている柿の実が数百個折り重なるように成っている。木登り少年と呼ばれている政春である、柿の木の幹がしっかりしている場所までは登って採る。

しかし枝の先の方は無理、折れやすいのだ。

父親からは「柿の木の枝は非常に弱く簡単に折れる。危ないので枝の方まで登らないように、落ちるよ」と言われていた。

枝にぶら下がるように成っている柿の実を採るには、長い竹竿の先を、半分に割って、少し割った先を広げ、採り棒を作る。そして広げた先で、枝ごと挟みながら、竿をくるりと回して落とさないように採る。たまに落とす事があるので篭で受けていく。

地面に落ちるとペチャンコになり食べられなくなる、折角の食料、もったいない事にならないよう注意して採って行く。篭いっぱいになるまで採ると家の土間で皮をむく。実のついている枝はヒモをかける為に使うので、折らないように気を付ける。

剥いたら、実の枝にひもをつけ軒下の風通しの良い日陰に干し、干し柿にする。また熟した柿は渋がないので、採ったその場で弟、浩二と食べていく。かぶりつくように、何個も何個も食べているとたまに、渋の残っている柿があった、あわてて口から放り出す。

しかし、舌、唇の感覚がおかしくなってくる。渋は簡単には抜けない、何回もうがいをすると、やっと落ち着いてくるのだが、回復まで時間がかかる。

夏みかんの木も数本生えている、よく実がなっているので、これも食料にする。黄色く色づいている食べごろのみかんを選び、採るのだが、これも採り方がある。

枝に無理をかけて、引き千切って採って行くと、次の年なぜか、その枝では実のつきが悪くなる。採り方も丁寧にしなければならない。

まず、枝と実を掴み傷つけないように、くるりと回し、ねじりながら、枝に無理がかからないように採って行く。採る量は、五個程度とし、無くなったらまた採る。長く保存出来ないので、必要分だけ、採った夏みかんは、皮を剥き炭酸をつけて食べる。ちょっと酸っぱいのだが、おいしい。

また、夏ミカンを絞って酢を作る。それを使って母親が、ダイコンやキュウリの酢の物を作ってくれる、あまり酸っぱくなく食べやすい。

父親が焼酎に夏ミカンの汁を入れて、焼酎サワーを作っている。

この時期運動会のシーズン、小学校のグランドまで親が自転車に荷物（敷物、弁当、水筒）を積んで応援の為やってくる。昼休みは家族皆でむしろ（藁で作った敷物）の上に弁当を並べて食べる。応援も激しい「政春頑張れ、あと少しで追い抜ける、頑張れ、頑張れ」特にリレー競争は盛り上がる、熱気のこもった家族の声が背中を後押しする。

騎馬戦は高学年程激しくなる、騎馬が崩れるまで戦う。ケガをした子もいる程だ。

その半月後、今度は地区対抗運動会だ。大人の運動会なのですごい戦いとなる。政春の村は強い、十キロマラソンでは上位三位まで独占し、毎年団体優勝している。これも小学校、中学校とも非常に遠いからか、他の地区は遠くても三キロ程、気がつかない内に、足腰を鍛えていたのだろう。

ヤマザクラの葉っぱが青々としてきた梅雨時期、田植えの時期がやってきた。特にこの時期は人手が足りないので家族総出、近所の人、そして学生もなにもない、手伝いをする。水を深々と貯めた田圃に三十センチ程の間隔に目印を付けたヒモを、両側の畔から引っ張る。

田圃の中では、十人ぐらい横一列に並び、苗を一握り三株か四株程、目印の位置に浅めに丁寧に植えていく。田圃の中が見えないので、偶然、足跡の上に植える時がある、その時は横側から植える場所へ土を持って来なければ、苗が浮いてしまい、根がつかない。

六反程の田圃でも、田植えに三日間位はかかる。腰や足、腕が痛くなるのだが我慢して、頑張らなければならない。両親は、自分の所の田植えが済んでも、近所の手伝ってくれた人の田植えに行く、十日間位はフル稼働。

政春達は、この時期とても勉強どころではない、それでも政春は母親の言葉を思い出し宿題だけでもやるように心がける。田植えの期間中、休まずに学校には行っていたが、しかし学校での部活動は入っていない、野球部に入りたかったのだが、農作業の手伝いの為、あきらめた、この村から通っている子は、ほとんど帰宅組である。

田植えの時期が終われば、今度は芋や大豆、そば、きゅうり、トマトなどの植え付け、朝から晩まで忙しい。太陽がギラギラと照り付ける夏場に七島藺（シットウイ、イ草よりやや太い畳の材料で、切口が三角形になっている）の刈り取る時期になる。刈り取った七島藺の根元側の三角形の部分を半分に裂いて行く。裂く機械は手作りの弦を張った板の割り機に、一本一本通し割って行く。

割り機の番線は緩み易いので、度々きつく締め直す。

家中総出、伯父さん達も応援にきている、政春や子供達も軒下や大きな木の日陰に座り込み、割り機で作業していくが、蚊が多いので、周りを焚火の煙で覆うのだが噛まれるのも覚悟の上だ。

そして半分に割いた七島藺は、リヤカーに積み込み、牛に引かせて、父親が牛の手綱を引いて、一キロ程の砂浜に干しに行く。近所の人も干しているので場所取りが大変。

雨に濡れると商品にならないので、天候の急変に気を付けなければならない。遠くの方で「ゴロゴロゴロ」と雷が鳴りだすと父親は慌てて、浜辺に引き上げに行く。一日干すと、肩に担げる程軽くなる。乾燥期間はおよそ三日間位。

乾燥が済むと、畳表にする為に、七島藺を、足し踏みの織機で織って仕上げていく、ただ、色合いによって畳表の値段が変わってくるので、細かく選別しなければならない、品質の良いもの、一本一本を織機に差し込み、足でペダルを踏み織って行くのだ、慣れないと足の感覚が麻痺してくる。

母親は乾燥の済んだ七島藺、一本一本色合いと大きさなど、出来具合の選別を行い、父親は母親の選別した良い七島藺を足踏み機で織って行く。

出来上がった畳表は、父親が自転車に積み、隣町の販売店まで、売りに出かける。畳表は横幅一メートル位あるので、自転車の荷台から随分はみ出している。

その為、狭い道や木の枝がはみ出しているような道は、注意して走行しなければ、荷台の畳表に引っかかり、自転車毎ひっくり返ってしまう。父親は慣れたものだ、スイスイ走っている。

隣町にある販売店は五軒程あるが、なるべく安く仕入れようと、値切ってくるので、何軒か回って一番高く売れる所に卸す。だが、父親は決まった懇意の販売店に持って行くようだ。いつの間にか父親と仲が良くなって、他より少し高く買ってくれていた。

帰って来るとお酒の匂いがプンプンするので聞いて見ると、販売店の主人と一杯飲んで世間話をしてきたとの事「父親は畳表を売るよりも主人と一緒に飲みたいので行くのかな」と政春は思った。

所がある日、父親がなかなか帰って来ないので、母親が心配になったのか「政春、すぐ下の坂まで見に行ってくれないか、もう帰って来る頃だが」政春は頷くと、走って坂まで降りていった、その時父親が遠くの方で自転車を押してこちらに向かって来ている。急いで駆け寄って見ると、手にケガをしている、血が出ているのか、ハンカチを巻いているが、お酒の匂いがしている。

政春「どうしたの、手にハンカチを巻いているが、ケガしたの」

父親「販売店からの帰りに、自転車が石にぶつかり、自転車ごと、こけて手をケガした、応急処置をしていたので遅くなった」

政春「かあちゃんが心配していたよ、帰りが遅いなと、言っていたよ」母親の心配したとおりだ。

お酒を飲んでいるので、普通は転ばない所でも、判断を誤ったのか、自転車を押している父親はまだちょっと、フラフラしているようだ。

家に帰り着いた、ご飯の用意をしていた母親は「お酒を飲んでは危ないので、飲まないように」と怒って、言うのかなと思ったが、何も言わず、父親を責める事はなかった。

七島藺の畳表は丈夫でやや硬く、一般家庭にも使われていたが、現在では、イ草が主流となっている主に柔道場などに使われているが、強度があり、青々とした独特の清々しい畳表の香りが、漂うので、七島藺の方が良いと言う方もいるようだ。イ草より五倍以上の強度がある、全国でも国東地方にしか植えていない貴重な植物である。

板の間の住宅が増え、畳表の需要も減り、また植え付け、刈り取り、加工等、重労働の作業が多い為現在では植えている家庭は数少なくなっている。

晩秋、ヤマザクラの葉っぱがエンジ色に変わり、落ち葉となり始めた頃、稲の刈り取り時期となるが一株一株手で握り稲刈鎌でゴリゴリと、刈り取って行くので、六反程でも全部刈り終わるまで、二日間程かかる。政春も手伝いで忙しい、ただ、普通の日は学校に行かなければならないので、手伝いは、土曜日の午後、日曜日だけにしてもらっている。

刈り取った後、稲の株、十株程を束ねて一束にして、竹竿で組み上げた干し竿を二列程作り、束ねた稲株を一束一束、竿にかけていく。乾燥機等は無いので天日で乾燥させ、一週間程干して乾燥させる。途中雨が降った場合は覆いを被せ、濡れないよう工面している。

その稲束を籾にする為、手動の籾取り機を足で漕いで行く。ギーコギーコと音がするので、遠くからでも籾取り機を使っているのが分かる。

天気の良い日を選ぶので、どこの家でも同じ日、村中がギーコのこぎ機でいっぱい。籾が袋の中へどんどん入っていくが、籾殻が山積みになる、どこの家でも籾殻が山積みされている。

この籾殻は、田圃の中に撒き、燃やして土壌改良に利用するのだが、煙が辺り一面、あちこちで上がっているので、山火事と間違って消防団員が飛んで行った。勘違いされた事もある。

同じ田圃で来年も稲作を行う場合、稲藁をそのままにしておくと、有機物のまま田圃に草とともに残り、田植の際に水を張った時、稲藁も浮いてきて、田植えの邪魔になる。また、硫化水素やメタンガスが発生し、稲の生育に悪影響を及ぼすので、無機物の灰や炭に変えて置くことが、稲の生育にとって大事な事なのだ。

ギーコでの漕ぎが終わると、袋に入った籾をフルイにかけゴザの上に並べる。並べた籾をかき混ぜたりしながら、一週間程、天日干しで乾燥させ、麻袋に入れる。

そして麻袋を牛車に積み込み、父親が牛の手綱を引いて、精米所に運ぶ。精米所は二キロぐらい先だが、政春は牛の後を追って、ついて行く。

精米所には、テレビがあるのだ。村でテレビを持っている家はここしかない。皆に見てもらいたいようだ。ラジオが唯一の楽しみだったのだが、映像が写ってくる、瞬きもしない、必死で見る。

精米所のおじさんが「相撲をやっているよ」呼んでいる。父親は相撲が大好きなので、決まって夕方に精米に行く。人盛りがしている。後ろの方でポツンとしていると「坊や前の方、こちら側へおいで」後ろの方で見えないのではないかと、気を遣ってくれている。

精米所のおじさんは人混みの中も良く見ている、やさしい人だ。

前の方へ行く、良く見える。丁度（巨人、大鵬、タマゴ焼きの時代）大鵬は強い、勝った瞬間に大歓声が上がる。柏戸も強かった。二人の争いをテレビで見ると。迫力がある。両者の対戦が千秋楽に組まれるので、居ても立っても居られない。

父親にせがんで、わざわざ見に行くのだ。ものすごい人盛り、熱気がこもっている。

政春の家にテレビがついたのは、高校時代なので、その頃になると勉強もしなければならなく、テレビを見る時間はほとんどなかったが、弟、浩二は楽しいそうに、何時も（お化けのきゅうたろう）を見ていたようだ。

牛は大事な戦力、現在のように耕運機、田植え機、稲刈り機、乾燥機等の農業用機械はなく、牛や人の労力で米作りをしていた、人間の体力も限界がある。

おじさん達が話していたが「六十過ぎたら、体が動かなくなるので、若い者にまかせて、隠居生活するよ」毎日それだけの労力を使っているので、体が早く痛んでくるのは当然なのかも知れない。

政春は「農業は、手作業だ、体の丈夫な人であっても長くは続けられない」とつくづく思う。

現在は機械化された農業が当たり前だが、「田舎に行く程、畔で区切られた小さな田圃が多く一区画辺りの収穫量も少なく機械の操作に手間取って、無駄が多くなる。家族単位の小さく区切られた田圃は畔を取っ払い、大きく広い田圃とし農業の法人化を進めて行くか、地域住民が手を会わせて、田圃を広くしていけば、収穫量も増えて行くのに、日本の農業はもっと近代化出来るのに、農業もやりやすくなるのに」政春は考えるのだが。だが現在では、有害獣の被害が多く出ている、この対策が後手になり、泣いている農家が多い、農業政策の中で、ハイレベルで考えて欲しい。

稲刈が終わると芋の収穫時期となる。芋は人間の手で掘っていく、茎の下を一か所一か所、丁寧に掘っていくが、鍬の先が芋に当たり傷がつく、その芋はすぐ腐る。掘った芋をカゴに入れて、キズがあるかないかを仕分けしていく。

キズが無ければ、保存用として、別のカゴに入れ、冬場の保存用とする。

キズがあれば、一ヶ月以内に芋をふかして、食べたり、味噌汁に入れたり、また、小さくみじん切りにして、芋のあんこを作って、小麦粉を蒸した饅頭のあんこを作ったりしている。

隣の幸子おばちゃんが、前の道を通りかかった「政春君、今年も芋のあんこを作っているのね、親の手伝いができて感心だね」と声をかけられた。出来上がった芋あんこの饅頭を、母親が幸子おばちゃんの所へ、お裾分けに持っていった「有難う、おいしそうね」喜んでいた。

牛飼いの直樹おじさんの所に、政春が持っていくと、直樹おじさんが牛乳をコップに入れて出してくれた「政春君、一気に飲んで、おいしいから」

「頂きます」一気に飲み干す。

中学校になると自転車での登校が許される。坂道や石ころのジャリ道を勢いよく飛ばして行く、器用に石ころを避けて走るのが、楽しいのである。公夫君と競争した事がある。なかなか譲らずほぼ同時、村から有名な競輪選手が現れたのは、この自転車登校のおかげによるものだろう、近くの一つ年上の先輩なのだが。

学校での部活動は先生の指導も行き届き活発に行われていた。グランドで野球の試合をしている友達をネット裏から見学した。グローブの使い方がうまい、ボールさばきが抜群だ。

ゴロのボールを軽くすくい上げ、すぐさま一塁へ送球、すごく上手、あこがれた。自分もやりたい気持ちが沸くのだが、早く帰って手伝いをしなければならない、自転車を飛ばして帰っていく。

両親に「グローブやユニホーム、スパイク等を買って下さい」とは、とてもいえなかった。

勉強のできる子、当時は試験の成績を教室の前の廊下に貼りだすので、できる子が誰か良く分かったいつも上位の子は決まっている、どのような勉強方法をとっているのか、興味があったので、勉強の出来る、坪田君に聞いてみた。

坪田「まず学校の授業をしっかり聞く事だな、それでも解らない所があれば、先生や塾で理解できるまで説明してもらって、そして再度やって見る事、解らなかった箇所は翌日に持ち越さないようにする事」これは難しい、まず塾などないし、行けない、先生に聞く事は出来るが、先生は威厳があり怖い、また恥ずかしい、聞くタイミングを逃してしまう。

授業中はどうしても聞き漏らす。先生に何を教えてもらっていいのか、それさえも分からない。

家で一緒懸命考えて解くのだが、理解できないまま、そのままになってしまう、そこがまた試験によくでる。

政春は勉強が良く出来る坪田君から聞いたようには、出来そうにもない、自分で出来る範囲しかやれないし、兄貴や近くに聞ける人もいない。悔しいけど仕方のない事かなと諦め気味。

夏休みが後、数日で終わろうとしていた時、

「政春、中学生なので、映画を見ても良い年頃になっている、明日、隣町の映画館に見たい映画をやっているので、一緒に行かないか」父親から声をかけられた。

母親「政春、行っておいで、映画館には行った事はないと思うので」

政春「良いよ、自転車で行くの、遠そうだね」

次の日朝早くから、隣町まで、父親と自転車を飛ばして行く、隣町の商店街の入り口付近に自転車屋がある、そこで、父親が自転車を止め自転車から降りて挨拶をしている、パンクを直していた、その主人が、父親に何やら話しかけている。

自転車屋の主人「初に一の自転車と政春君が乗っている自転車は調子が良いかな、しっかりしたメーカの自転車だから、少々の荒地でもパンク等はしないと思うのでね」

名前まで知っている、政春はビックリして見上げると、

父親「この自転車屋の主人は母親と親戚で母親の実家を良く知っている人だよ、自転車の事は何でも相談できるからね、心配しないでいいよ」

父親と政春の自転車をじっくり見ている、特に異常はなさそう、自転車の主人と別れて、しばらく行くと、また父親が自転車を止めた、以前から付き合いのある、畳表の卸屋だ、主人が出てきた。

畳表屋の主人「久しぶりだね、今日は親子でどちらへ行くの」
父親「今日は、今評判の映画を見に来たのだが、始まるのが十時半からなのでね」
政春「何時も父親がお世話になっています、今後もよろしくお願いします」
畳表の主人「君は、すごくしっかりしているね、お父さんとは気が合うので、飲んでいると楽しくなるのでな、映画館までは、後五百メートル位なので、五分もあれば着くよ、気を付けて行ってらっしゃい」
映画館についた、上映の看板が出ている、大勢人盛りがしている、チケットを父親が買っている、何の映画かな、と思ってチケットについている、チラシを見た。
今すごい人気となっている、石原裕次郎主演（嵐を呼ぶ男）と書いている。
政春「ラジオでも良く聞く名前の俳優、父親はこの映画を見に来たかったのか、子供にも後学の為見せたかったのか、父親は田舎で生まれて育っているが、時代の流行には敏感なのだな」
父親と政春は映画館の内部に入って行く、暗い、ぶつかりそう、何となく怖そうな感じがする、真ん中辺りに座った。
映画が始まった、すごい大画面、テレビとは全く違う、音量もすごい、圧倒される、裕次郎がバンドを叩いている、迫力満点、父親の方を見ると、真剣な顔だ、虜になっている。
父親の顔がほぐれてきた、傷を負っている裕次郎、その恋人が、やさしく、なぐさめている、そして好意を抱き、恋愛して行く。

その未来の姿を想像したのか、安心しているようだ。映画が終わって外へ出る、急に眩しい光が目に入る、頭の中がまだ映画館の中、現実に戻るのにはしばらくかかる。突然父親が「昼飯を食べよう」と言ってきた。近くの食堂に寄る、父親が親子どんぶりを注文してくれた、初めての外食、美味しい。夏休みが終わって、二学期が始まると席順が決まった。

政春は一番前、教壇のすぐ隣、たまたま先生の目の前の席となった。授業中に先生から突然、あてられたのである。まったく理解不明、しょんぼりとして下を向いている。するると授業が終わった後、先生から声をかけられた「政春君、先ほどの問題だけど、君が理解できていない所は、この部分、このように考えていくと分かるようになってくるよ」と図形を描いて説明してくれたのである。

先生は神様のような存在、声をかけられるとは思いもしなかった。それも、理解できていない部分を丁寧に教えてくれたのだ。

政春「そうか、こういう所が分かれば、他も次々理解できてくるのか、もう一度やって見よう」

先生はおとなしく消極的な性格を心配して声をかけてくれたのである。

また、声の大きな先生がいた。一人一人の名前を良く覚えている「政春君、中学にもなったら将来の事も少しは考えるように」生徒の中でも人気の先生だった。

声が大きいので、頭の中に良く残る。先生は良く指導してくれている、自分が頑張れば良いのだ、と心に誓う、この時以降、授業中、家に帰っての勉強、本気で取り組むようになった。

不明な所は授業の終わった後、先生に聞くようになった。恥ずかしさを通り越して、積極的になってきた、成績は見違えてきた、どんどん上がってきたのである。

試験の成績が廊下に張り出された、今までにない順位、数段上がっている。高校の受験日も近い。

高校は地元の高校と、レベルの高い隣町の高校とあるが、貼りだされた成績も全体の五分の一に入っていたので、隣町の高校を受験する事にした。

受験の日、近くの公夫君と一緒に自転車を走らせ、十五キロ位はあるだろうか、飛ばして行く。学校には一番早く着いたようだ、まだ門が閉まっている。

次々受験生がやって来る。門が開いた、緊張して、入って行く。

親からもこの学校を勧められていた事でもあり、安心して試験に取り組む事ができる。

合格発表の日、名前があった。合格できたのだ。

しかし、普通科高校なので、高校の成績次第では、どこにも行けない可能性があるのだが。

「六」　青春

隣町の普通科高校に入学した政春は、当時県内でも五本の指に入っていた進学校、授業について行けるのか心配になる。難関大学に二十名程度は合格させていた伝統の高校（現在は数名との事）で地方では結構有名な高校である。合格発表の二週間後、父親が、バスで一時間程の場所で質屋を経営している親戚のおばちゃんの所に出かけていった。

何しに行ったのかと思っていると、高校に着て行く、学生服を調達しに行ったのだ。上下服、カッターシャツ、靴、帽子の五点セットを揃えて帰って来た。

父親「この学生服や靴帽子等、体に合うと思うが、ちょっと着てみなさい」

政春「全部、合いそうだよ、着心地も良いよ」

母親「良く似合っているよ、良い学生服があったね」

それを着て入学式に臨む事になった。学校まで十五キロ近くはある。

自転車で山やトンネルを抜け、橋を渡っての通学で非常に遠い。公夫君と二人で雨の日、雪の日、風の日も、休まずに頑張ったのである。おかげでズボンが破れたが、母親が継ぎ当てをしてくれた。高校にもなると、継ぎ当ての服を着ている学生はいないが、恥ずかしいも何もない。

授業が終わると校門の傍で公夫君と待ち合わせをして、今日の授業の事、先生の事等を話して帰っていた、仲が良かったのである。

大雨が降った日、公夫君とカッパを着て、何時ものように、自転車を飛ばして登校していた、山の道から町中の道に入ってきた、雨なので、バス停にたくさんの女子、男子の学生が、バスを待っている。狭い道から、大通りになる、大きな道になる手前、そこが急カーブ。

政春の自転車が、急カーブの水たまりで滑ってしまったのだ、自転車ともども、一気にひっくり返った。その格好が面白かったのか、バス停で待っている、学生が大笑いしている。そこに、河野先生もいたようだ、その先生の授業時間、声をかけられた
河野先生「自転車で転がったが、ケガしなかったかな、大丈夫か」心配して声をかけてくれた。

政春「少し、スリキズを負ったけど、大丈夫です」恥ずかしく、下を向いて、友達の顔もあまり見ないようにしていたのだが、先生の一声で元気が出てきた。

授業は毎日七時間、終了後一時間の補習授業、帰り着くのは、夕方の六時半頃、すぐ風呂を沸かして入り、夕ご飯を食べて、予習や復習をして、寝る時間は十一時頃、朝は五時半起床、毎日毎日、大変な日程だ。段々と真っ黒だった顔つきも、青白くなってきた。

授業がまた大変だ。軍隊上がりの先生が二人いる、それも日本でトップの大学を出ている、厳しい教え、授業中、必ず質問を出す、その質問を、順番で一人一人答えて行くのだが、難しい質問なのでほとんどの学生が「分かりません」と答えた、その瞬間、バチンと音がする、頬を平手打ちされている、政春も何回もくらった。軍隊式教育に近い、学生、皆が恐れている、恐怖の先生だ、その先生が二人もいるのだ、年配の先生なのだが。叩かれてはたまらない、必死で予習するが。

現在では許されない行為である。軍隊の名残がある先生は、まだ二人でよかった、まさに、あだ名がスパルタ先生、先輩から次の世代へあだ名で伝えられている。

他は、丁寧でやさしい先生が多かったので、学生から慕われているが、頼りのなさそうな先生もいるやさしい先生の中に、地元の大学を卒業したばかりの、新卒の先生も数名いた。

政春や友達の公夫君も学校が遠く、通学に時間もかかるので、部活動は入部していない、学校の部活動の中で、特に剣道部が強い、全国大会に出た友達もいる。

体育の剣道の授業があり、出席番号順のチーム編成で、決勝戦まで行くトーナメント制の試合があった。政春のチームには、剣道部は一人もいないが、なぜか強かった、決勝戦まで進んだのだ。決勝では全国大会に出た有名な友達となぜか政春が対戦する事になった。

政春は竹刀を振りますような仕草で小手を狙って突っ込んでいった、その途端、メン、一本、完全に負けた。強い、勝てる相手ではない。剣道の基本は学んでいるのだが、子供時代のチャンバラごっこの延長では勝てるはずが無い。素人の棒を振り回すような戦い方を、他の同級生が皆見ていたようだ、クスクス笑っていたのが分かった。

政春は「二度と、剣道の試合にはでないようにしよう、恥の上塗りだな」と心に誓った。

次回は、体育の授業で柔道の試合をやる、先生から伝達があった。剣道の試合から、二週間後、柔道場に集合、まず基本の段取りを行った後、背の高さが同じ位で、対戦相手が組まれる。政春も相手が決まった。小さい時から相撲をやって遊んだり、神社での大会に出たりで自信があったのだが。

相撲のように土俵があるわけではない。畳の上での勝負だ。政春の順番が来た。

先生「はい、両者向き合って、はい組んで」お互いが襟を掴む。政春は相撲のように、上手投げや内掛けで倒そうとするが、うまく交される。相手が少し後ろに倒れそうになったので、これとばかりに、外掛けを仕掛けた所、巴投げを食らい、宙を回って遠くへ放り投げられてしまった。

尻を強く打って、起き上がれない、他の友達が「大丈夫か、ケガしていないか」と言いながら、起こして助けてくれたが、何とも恥ずかしい負け方をしてしまった、小さい時からの、相撲の自信も完全に打ちひしがれて、相手に礼をして別れたのだが。

その二週間後、また、同じ柔道の試合、相手の友達が「やろうぜ」と申し込んできた。「何を今度こそ倒してやる」内心誓って再挑戦したのだが、今度も前回と全く同じように、巴投げで、前より遠くに放り投げられ、負けてしまった。

他の友達に聞いた所「彼は柔道部で巴投げが得意、挑戦はやめておき、ケガするよ」それっきり、彼との試合はしないようにした。

政春は友達から教えてもらって、彼の強さが分かったが、それまでに二回も投げられた、柔道部に入り、強くなりたいが、帰りが遅くなる、勉強どころではなくなるので、ダメと諦める。

今度は、長距離の大会を行う行事がある。ほとんどマラソンの距離、四十二・一九五キロはあるそれ以上かもしれない。小学校での歩いての登校で、足には自信があったが、陸上部のように日頃、練習してないので、早くは走れない、最初はゆっくりと走り始める。四百人の生徒が走っているので何番目を走っているのか、さっぱり分からない。そのまま完走はしたのだが。

表彰式で紹介があった、やはり陸上部の連中が優勝から十位までの上位を独占している。

政春は「部活動をやってなければ、剣道、柔道、陸上、何をしても、勝てないな」と思った。


政春はたまに、親に頼まれて、朝早く収穫した野菜を自転車に積んで、高校の近くの市場に出荷するのだ。その時は公夫君とは別行動となる。

市場に、吉四六漬けや野菜を並べる。出荷物を自転車に積む、カバンもあるので多くは積めない。せいぜいダイコン三本、なす五本、漬物、その程度、広い市場のほんの一角、ちょこんと置く、受付に登録して、そのまま学校に行く。学校からの帰りに市場の受付に寄って、その日の売り上げ代金を頂く。ほんの小遣い程度、生活費を稼ぐほどの出荷量ではない。

市場の受付に寄って、代金を頂いていると、奥の方から市場の関係者が現れた。

関係者「何時も市場に出荷してくれて有り難う、受付から高校生が持ってくる野菜があるよ、と聞いていたので、待っていたのだが、その中で吉四六漬けの漬物が、すごい人気、取り合いになっている。家に帰ったら、両親に、その漬物、もっと出してくれないか、頼んで欲しいのだが」

政春「そうですか、わかりました、親に聞いて見ます」

今日の売り上げは、出荷量の割には、金額が多い、吉四六漬けが高く売れたようだ。

学校から帰り着くと早速、母親に、市場の方から「市場では吉四六漬けがすごい人気で、もっと欲しい、出荷を増やしてくれないか、親に頼んでくれないか」と言われたのだが。

すると母親は「市場の方がそう言ってくれたのはうれしいが、あまり無いので、出荷出来そうにない、作るのに時間もかかるし、手間もかかるのでね、今度行ったら言うといてね」と言った。

政春「夜の食卓には毎晩出してもらっているのだが、市場に出すほど、量はないのだね。これが量産できれば、いいのにね、今度市場の人に、そのように話しておくよ」

一週間後、同じように野菜を持って市場の競りに出す、事務の方に、吉四六漬けの話をすると、

「そうか、もう無いのか、人気がある商品なのに」大変残念がっていた。

その日の売り上げは、少ない、野菜だけでは、安いが少しは小遣いになる、この売り上げ代金は、母親から「使って良い」と言われていたので、本屋で数学と英語の参考書を買った。高校時代の参考書はこれのみ、他も欲しいが買えない。この参考書が政春の宝物。

ある日、市場が開くのが遅くなり、学校を遅刻してしまった。市場から学校へ向かう、すでに、一時間目が始まっている。そーっと教師のドアを開け、自分の机の椅子に座る、その時は何にも言われなかったが、授業が終わった後、先生に呼ばれた「ちょっと職員室まで来るように」

先生「政春君、今日は遅刻したが、どうしたのだ、寝坊か」

政春「町の市場に野菜を持っていって並べて来たのですが、市場が開くのが遅く、番号の発行が遅くなって、遅刻しました、すみません」

すると先生は覗き込むように政春の顔を見て、何にも言わず頷いた、少し顔が曇っているようだ。

政春は、家に帰ってから、両親に、遅刻して、先生に心配かけ、職員室に呼ばれた事を話した。

両親「政春の学業が大事なので、市場に野菜を持って行くのはやめにしよう、今後は出荷の準備はしないからね」

政春は小遣いになるので、野菜を市場の競りに持って行きたいのだが、しかし、市場の都合で、開くのが遅くなる事もある、それは、学業を本文とする学生にとって芳しくない事、一番に勉強する事だな、政春は反省する。

その後、市場へ野菜を持って行く事はなかった。あの時、売り上げ代金から買った参考書だけが、政春の貴重な財産として残っている。

政春は公夫君に野菜の市場への話と、遅刻して、先生から職員室に呼ばれた話をすると、公夫君は「そうだな、それじゃ一緒に勉強しないか、春日神社が直ぐ側、休みに座布団を持って行こう」

政春「それはうれしいな、分からない事は教えてもらえるな」

政春と公夫君は、休みになると春日神社に座布団をもって行き縁台に座り込んで、勉強会を行うようになった。近くのおじさんが通りかかった「勉強しているのか、関心だね」

公夫君は英語や国語が得意、政春は数学が得意、お互いに助け合いながら、勉強を進める、理解不足であった英語の文法も、だんだん分かるようになってきた、国語の漢字も辞書を引く手間がいらない、教えてもらえる。数学は政春が分かる部分はフォローして上げる。成績も上がって来た。

ヤマザクラが蕾となった頃の初春、お寺に奉公に行っている恭一伯父さんが、芳雄おじいさんの家に帰ってきていた。丁度春休みの時だ。

神社で勉強会をしていると、恭一伯父さんがやって来た。

恭一伯父さん「勉強しているのか、二人とも良く頑張っていると、芳雄おじいちゃんが言っていたが本当にすごく、頑張っているようだね」政春に声をかけてきた。

政春「お寺から帰って来たの、遠いところから大変だったね、疲れたでしょう」

恭一伯父さんは政春に何か相談があるようだ。神社の階段に腰かけると、政春を呼んだ、公夫君にちょっとお辞儀をして話し出した。

恭一伯父さん「この三月で高校を卒業する。就職について悩んでいるのだが、お寺の住職になる夢は諦めようと思う、高校卒業後、自衛官になりたい夢があるので、その道に進みたいが政春はどう思うか」との事だった。

政春は思った。恭一伯父さんは小学校の小さい頃から、お寺に奉公に行き苦労している。せめて夢は叶えてあげたい。今後、幸せな人生を築いて欲しい、と願う。

反対するまでもなく「そうか自衛官になる夢があったのか、肉体的にも厳しいだろうけど頑張ってよ、海上、陸上、航空等色んな分野があるようだが、どこを希望しているの」

恭一伯父さん「海が子供の時から好きだったので、海上自衛官で頑張ろうと思う」真剣な目で政春を見つめる。政春は恭一伯父さんが本気になって考えている姿を見て、堅い決意を感じた。

その後、恭一伯父さんは、海上自衛隊に入隊、入隊時の整列した、隊員の写真を送って来た、その中の一人、丸い帽子を被り、海上自衛官の制服を着て、堂々として写っている。

政春はその写真を見て「夢が叶えて、本当によかった、きっと、頑張るに違いない」と思った。


高校二年の夏休み、公夫君が「自分達で小説を書いて見ないか、政春君が書いたのと二週間先にお互い見せる事にしよう、内容は自分で考えたものにしないか」と言い出したのである。

二週間位の期間では、完成にほど遠いのだが、お互い途中までのものを持ち寄って読み合いし、次の日、感想を聞く事になった。

公夫君はある程度構想があったのか、三日目で十枚ほどの原稿用紙を見せるのだが、政春は何を書くかまだ悩んでいて、何にも書けていない。構想がひらめかないのだ。ぼんやり家の外を見ながら考えるのだが、かなり書くことに抵抗がある。

母親にヒントがないかそれとなく「小説を読むのは易いが、書くのは難しいな」と言うと、
母親が「難しい事を書くのはそれなりに勉強しないと書けないが、今見ていること、感じている事を素直に書いて行けば、そんなに難しいものではないのと違うかな」政春はその言葉にハットした。

政春「そうだ今の現実を題にした小説を書くようにすればすぐ始められる、そうしよう」

翌日、政春は両親が畑仕事に行く姿を見て、この瞬間の両親の行動を書く、また畑、田圃で農作業している親の動作や何気ない会話の姿を書いていく、二週間目に原稿用紙二十枚程度出来上がった。

書いた物を見せる日が来た。公夫君の小説は、五十枚位の束をノートに挟んで持ってきている、政春は二十枚程度なのだが。お互いのものを読み始めた、公夫君は政春の書いた物を見て、ビックリしている。想像していなかったのか、読みふけっている。

公夫君「今の現実そのものだな、リアルな姿が描かれていて、なかなかいいよ」

政春も公夫君の書いた物を読みふける、男女の恋で始まり、その後展開していく、周りの人達との人間関係を繊細に描こうとしている。公夫君はまだ十六歳位なのに、微妙な人間関係が描ける事にすごく感心した。たくさん本を読んでいるに違いない。

政春「筋書きも明確、人間関係をうまく表現しようと心がけているな、この二人の将来はどうなるのかな、完成が楽しみだよ」

お互いが、全く違ったストーリー、今後も続きを書く事で約束し、いったん小説の事はここまでにして、また学校の勉強に取りかかる。

公夫君は、恋愛物語、政春は農業と人生、をテーマにして書いている。小説として完成するにはまだまだ時間がかかりそうである。高校時代では時間もなく、続きはお互いに書けていなかったが、完成させている公夫君の小説を読んで見たいと思う。

ちなみに公夫君は二十歳位から、小説家になっていると、両親から聞いているのだが。

卒業後まだ十代の時、公夫君とは一度会ったきり、その後全く会えていないので、元気なのか、どこに住んでいるのか、定かではないのだが、きっと立派な小説家になっている事だろう。

公夫君の両親や、お兄さんとは帰省の折、会う機会があるので、公夫君の事を聞いても「全く知らないな、どうしているのか、心配はしているのだが」

高校二年になり修学旅行の日程が知らされた。費用を見ると、今の政春家の収入では、出費が、難し、親に修学旅行の資料を見せる勇気が無い、迷っている内に締め切りが近づいて来た。

先生「政春君、修学旅行の申し込みがまだなのだが、明日までには提出するように」

政春は悩みに悩んだが、親にはどうしても言えない。

旅行費用、宿泊費用、相当に必要、東京、箱根富士山方面へ行くのだ。友達は喜んでいる、休み時間は旅行の話で持ちきりなのだが、政春は一人、不参加の書類を自分で書き、先生に提出したが、公夫君はすごく喜んで行ったようだ。

公夫君は通学時、修学旅行の話を政春にするのだが、政春は頷くだけで、何も答えなかった。すごく楽しく、友達も沢山できたようだ。

この時、新しく出来た友達と、付き合いを始めたらしく、帰校時、政春と帰る事が少なくなった。たまたま一緒に帰る日があった、道中、公夫君と新しくできた友達の家に、寄って見る事になった。政春も一緒に行く事になり寄って見たのだが、公夫君と話が合うのか、公夫君は帰ろうとしない、政春は「お先に帰るよ」と告げて、やや暗くなった道、一人で自転車を走らすのだ。

それからは、公夫君と一緒に帰る事はなくなった。朝は一緒に出かけるのだが。

ある日、母親が修学旅行について聞いて来た、何時あるのか聞かれたのだが、既に終わった後だったので、何も答えずにいると、公夫君の親から聞いたらしく「先週、修学旅行があったようだね、政春は修学旅行に、行かなかったのかね、親に言わなかったが」と母親が言った。

公夫君の家族とは、親戚のような付き合いをしているので、学校の事は良く知っている。

公夫君の成績は全体で上位。

三年生になって難関大学を先生から進められたそうだが、親から大学行きは反対された。親子面談で大学にかかる費用は先生から説明を受けていたので、親も費用がどのくらい必要か知っている。

公夫君の親「大学はお金がかかる、長男は大学にも行かず、家計を助けている、まして公夫は次男なので大学にはやれない、大学に行きたければ、自分で稼ぎながら行きなさい」厳しい方針だ。

公夫君はしょんぼりしていた、見るのもかわいそうだった。やむなく就職に切り替えて、勤めながら夜間大学に通うことにしたのである。

二学期が始まってから、公夫君の進路が決まった。大都会の銀行に就職して、夜間の大学に通う、就職先の銀行にその旨を説明し納得の行く形で進むようになった。

公夫君が、夜間であっても大学に行く事に、うらやましくなった政春は、自分も大学に行きたいと思うようになったのである。

高校三年の二学期が始まって二ヶ月が過ぎた頃、政春は担任の先生から呼ばれた、地元の国立大学を受験するように勧められたのだが。三者面談で大学にかかる費用について、親も聞いている。

政春家の収入では、とても大学へは行けない。

地元の国立大学は家から三十〜四十キロはある。最寄り駅までは三キロ以上、通学は無理、下宿しなければならない。地元の大学に進むかどうか、どうすれば良いかわからない。

政春「そうだ、その大学出身の若い先生に相談して見よう」

先生は大学でのカリキュラムや学生の過ごし方などについて、大学の資料見ながら、細かく教えてくれた。政春はしばらく考えた。下宿生活しながら、休まずに授業に出席し、単位を取得して行くには、アルバイトは程々でなければならない。

政春家の現状で、親からの仕送りを期待するのは無理だ、親もお金は出せないと言っている。地方の国立大学であっても、相当に厳しいカルキュラムが組まれている。

仕送りが全く期待できなく、自分で学費を払い、教科書代や下宿費用、通学費用も要るかも知れないそれらを賄って行くには自分で働いて稼いで、支払って行く以外に大学へ行く道は無い。

先生の話を聞く限りでは、簡単に単位が取れる程、甘いものではなさそうだ。

政春家の現状を考えると、先生の勧める大学では、卒業までの道のりは遠い「地元の国立大学では無理、諦めよう、卒業できないような気がする」再度原点に戻り、大学選びを考える事とした。

政春「自分は一体何がやりたいのだろうか。恭一伯父さんは海が好きだった、自分もそうだ。海を相手にするカリキュラムの充実した大学があれば、何とかついて行けそうだ。それも学費が安く、下宿費用も安いと思われる大学で、置かれている立場を理解してくれそうな、大学はどこかにないのかな、これだけの大学があるのに、きっとあるはずだ、そうだ、ヤマザクラの木に登って、もう一度ゆつくり考えて見よう」久しぶりに登って見た。何もかも忘れて、もう一度根本から考え直し、やる気がでる、前向きの気分で望めるような、自分を見つけなければ。

畑やチビの様子を見ていると「ここで、くじけてはいけない、しっかりしないと、もう一度先生に相談して見よう、担任は気軽に相談できる、現状を説明しやすい」

両親は、政春が悩んでいる様子が分かるのか、近づいて来ない。牛やチビの世話、風呂焚きや水汲み等、政春には頼んで来ない。そーと見守っているようだ。

次の日、政春「先生、地元の国立大学は費用面で無理なので、安い費用で、自分で稼ぎながら行ける大学がないでしょうか」

先生「自分で稼ぎながら、単位が取れるような大学は夜間大学か、準大学しかないのだが、調べて見るか、資料は就職相談室の前にあるから」

政春は大学の資料を詳しく調べて行く。夜間大学は私立しかない、学費も結構高く都会にある。下宿費用も高い。恐らく自分の環境では無理。

先生が言われた準大学の中で自分の趣味を生かせる様な大学を探そう。

田舎にある大学を選べば下宿費用も安いに違いない。色々な資料を見た。偶然、海の大学を目にした。夜間大学ではない。見ると学費（現在は国立大学と同等）も非常に安く静雄叔父さんの近くだ。もしかして、下宿させてくれるかも知れない。

両親に相談した「親に負担をかけず、自分で頑張って、授業料や生活費用をやって行くのなら、行ってもよい」と言われた。

政春「親の了解が得られた、絶対に合格しなければ、面子がたたない、頑張るぞ」

受験する事にしたのだ、ただ、一教科でも二十五％以下があれば不合格と書かれていた。倍率も六倍大丈夫かな、心配だ。受験当日、静雄叔父さんの家に泊まらせてもらって、朝早くから、電車に乗り、出かけて行く。

ペーパー試験が一日目にあった、この試験問題が偶然か、野菜市場の出荷で得たお金で買って勉強した参考書の問題と似たような内容の問題が、三問あったのだ。完璧に出来た。自信があった。

二日目も試験がある。体のバランス確認テストと面接だ。

午前中は体のバランステスト、パンツ一枚になる、これは、まったく予想していなかった、パンツはトランクス、それも、股の広がった大きなパンツを履いている。

政春はバランステストがあるとは思ってもいなかった。受験資料には書いてあったようだが、資料を詳しく読んでいなかった、読んでいれば、小さなパンツを履いて来ていたのに、試験も最終段階に来ている、もう遅い、大きなパンツで臨むしかない。

試験管「上着、ズボンを脱いでパンツ一つの状態になりなさい、左足で立って、右足を横に上げて下ろして、後ろに上げて」一人一人のバランス状態を確認している。

政春は大きなトランクスのパンツ、足を上げるのに躊躇したが、テストだ、逆らえない、試験に落ちたら困る。試験管の指示通り進んで行く。試験官に「男の大事な所が、足を上げると丸見えになるのではないか、恥ずかしいな」しかし、ここまで試験が進んでいる、もはや、やるしかない。

女子の受験生も数名いる、別の部屋で、私服のまま、女子用のメニューをこなしている。

試験管が政春の方を見ているようだ「はい、足を下ろして良い、これで終了」ホットした。このバランステストは、大学所有の練習船に乗った時、船の揺れに体がついて行けるか、どうかを見るらしく、普通にしとけば、全く問題ない試験のようなのだが。

今度は、面接試験だ、五番目に呼ばれた。試験管がいきなり「君は、海や魚は好きか、もし合格したら、この大学に来る意思はあるか」他の大学も合格していると思っているようだ。

政春「はい、勿論、この大学に憧れて受験しました、入りたいです」

ヤマザクラが蕾になろうとする春先、電報が届いた。電報の配達員は、同じ村の三歳上の先輩「政春君、合格おめでとう」政春が電報を開く前に祝福された。両親が飛んで来た。

政春「えー合格しているの、良かった」電報開けた「サクラさく」合格した実感が沸いて来た。

公夫君の家に合格の報告をしようと訪ねたが、公夫君は就職先の入社式や夜間大学の入学手続きの為既に旅立っていて不在だった。公夫君の両親が「おめでとう、頑張ってよ」励ましてくれた。

早速静雄叔父さんに合格した事の報告と、下宿させてくれるように手紙を書いた。

しばらくして返事が来た。断りの返事だ、家が狭く子供が二人いるので部屋が無いとの事。

これは、大変、学生生活が送れない。このままでは、入学した後の学生生活がままならない、不安になってきた。

再度入学案内を読み直した、そこに「相談事があれば学生課へ」のチラシが入っていた。単科大学なので、実習が多い、ただ、日曜日に実習をやる事はない。とも書かれている。

早速大学の学生課に相談の手紙を書いた、返事が来た「半年間は寮生活になる、ただし家庭教師を行う場合は通って教えてもよい。今年、卒業する先輩の教えていた子供の引き継ぎを、探している家庭がある。詳しい場所は別紙に書いている、教えに行く先には、先輩の引き継ぎになる事を伝えておくように」詳しい住所も載っていた。

早速政春は手紙を書いて、四月の入学以降、引き継ぐ旨を伝えた。相手からも「よろしくお願いします」の返事が来た、ヤレヤレ一安心、何とかなりそう。

政春「大学に相談して良かった、何とかなりそうな気がする、授業料も寮費も食事付きで安い、頑張ればやっていける、海や魚の勉強だ、頭を抱えるような難しい理論の研究となると、時間を惜しんで勉強しなければ単位が取れない、ましてアルバイト等やっていられない。この大学は自分の好きな学科が多い、ついて行けそう、選んで良かった。高校の担任に今度お礼に行こう」

隣の幸江おばちゃんが「大学に合格だってね、おめでとう、頑張ってよ、少ないけどこれお祝い、学費の助けにしてね」　政春「有り難う御座います、助かります」

両親も納得してくれていたので「安心して入学できる」父親が入学祝いに、今度は質屋のおばちゃんの所から背広や派手なオーバー（多分、女性用）のような、ジャンバーを調達してきたのである。それを着て入学式に臨んだ。

派手なジャンバーを着ていたので、十年後の同窓会で「ベトちゃん（政春）は、入学式に、面白いオーバーを着ていたよな、目立っていたよ」忘れられない派手なものだったようだ。

学校の入学式が終わった。早速、奨学金の申し込みを行い、寮に荷物を持ち込み、大学生活を始めるフトンは家で使っていた、使い古しの薄いセンベイ布団、恥ずかしいも何も無い、頑張るしか無いのだ。毎日二人の生徒を教えなければならない。これから忙しくなりそう。

入寮の日から三日後、自己紹介を演壇で一人一人行う行事がある、それも精一杯の声を出さなければやり直しになる。内容は各自で考えなければならない。

自己紹介の日がやってきた、政春の番になった。思いっきり大声を張り上げた。

「出身高校大分県立・・」までは良かったが、鼻がムズムズしてきた、力を入れたその時、鼻に詰まっていた、鼻くそ、鼻水が大声と一緒に大量に前に飛び出した。

政春のすぐ目の前の席に座っていた同級生がワアーと叫び、逃げ出した。

その状況を見ていた同級生や先輩が、ワアーワアー、キャーキャー大騒ぎ、会場がテンヤワンヤ、政春は恥ずかしいやら、逃げ出したいやら、動揺している。

先輩が慌ててチッシュを持って来た、机の上やフローリングは政春が飛ばした、鼻くそ鼻水で汚れている、先輩が「汚いな、とんでもない事になっている」言いながら拭いている。

政春もチッシュを貰って鼻を拭いた、後始末が済んで、政春はやっと落ちついた。

再度、自己紹介をやり直し、今度は上手く行ったが、その一件から、政春にあだ名がついてしまった。鼻水垂らした様子が、当時、ベトナムでアメリカと戦っているベトコンそっくりだったようで、「ベトちゃん」と言うあだ名にされてしまった。

ベトちゃんと言うあだ名を貰ったが、最後まで戦い、成し遂げた根性がある人を思い浮かべる、特に悪いあだ名ではないようだ、ただ、不名誉な鼻からの攻撃、大失敗をおかしてしまった。

政春は「自己紹介前、鼻を良くかんでおけば良かった」と悔やむ。


それから、半年後、学生課に相談、退寮し下宿する事になった、教え子の近くを探し、寮で仲良しになった友達と二人で同じ家で下宿する事になった。アパートは家賃や食事代が高いので、家賃の安い普通の一軒家、朝晩の食事付きの所を選んだ。

田舎のおばちゃんの料理、すごくおいしい。健康を考えてくれている、何時もメニューが違う。

今まで、毎日のように、魚や肉、野菜をバランス良く食べた事はない。入学しての健康診断の時、身長百六十七センチ、体重四十七キロまさにガリガリ。その痩せてガリガリの政春が、二ヶ月ほどで体重五十キロになった。やや太ってきたのだ。

自分でも何となく、太ってきたのが分かる、体力も付いてきた。

下宿のおばちゃんは優しい、親切な人だった、敷きっぱなしの、センベイ布団もたたんでくれているコップ、皿などが散乱していても、丁寧に洗って、片付けてくれている。

帰ったら直ぐ、子供達を教えられるように机も綺麗に拭いてくれている。本当に良い所に、下宿できたものだ、これも学校に相談したおかげだ。また、以前、下宿していた先輩達が、きちんと、やって来ているからなのだろう。

冬休みが終わり、授業が始まったので、学校に行くと、校内に入れないようになってきていた、裏門から入って行く、学生運動が始まったのだ。マイクで大きな声を張り上げて、騒いでいる。正月のテレビでは度々ニュースになっていて、両親が心配しているようだ「政春の大学はどうなの」政春「今の所、何もないようだが」と答えたが、とんでもない事になっていた、有名な大学であろうと一般の大学であろうと「どうしたのだろう、勉強する為に入学しているのに」と思うのだが。

準大学と言っても関係ない、すごい事になってきた。既に他の大学ではもっと激しい運動が展開されているようだ。授業を受けに行くと、ただ事では済まない、ボコボコにされる、そんな大学がある「この位の騒ぎでは、まだまだ、序の口だよ」と友達が言っていたのだが。

友達の公夫君の事について親からの手紙に書かれていた「夜間の大学は学生運動が特に激しく、授業等は全く行えていない。怖くて、登校できていないようだ。公夫君は相当悩んだあげく、結局、大学を退学し、勤務先の銀行も退職、親元へ帰ってきている」との事だった。

学生運動について行けず嫌気がしてきたとの事。

ヘルメットを被った学生たちがワッショイ、ワッショイと肩を組んで、大学改革や政治改革を訴えたりしている。難関大学に進んだ友達と数年後会った時「学生運動に加担し、学校が嫌になって退学したよ」と何気なく話していたのだが。

学生の中には、政春のような子がいたと思う、親の援助があれば、何をしても学生生活は、できるのだが、公夫君や政春はそうはいかない。その日の生活に苦労している、アルバイトをやり続けなければ学校をやめるしかない。

苦学してでも勉強する為に大学を目指した政春にとっては、いたたまれない。

学生運動に没頭している学生から見ると、政春の事が気になるのか何度も「運動に参加しないか」と誘いに来るが、それどころではない事が彼らには分かっていないようだ。

出来るだけ近寄らないように気を付けて、学生生活を送り続ける。

休校の張り紙が貼られている、家庭教師もあと二人増やして、少しでも収入を増やして行く。

それから一年後、政春の大学は学生運動も下火となって来たが、浅間山荘事件など、世間では、ますますエスカレートしている。

その年、政春の下宿先の近くに女子大学が開校した、近くなので学生と知り合いとなり、グループ間の交流が始まった。

女子大学との交流が、先生の耳に入り、さらに大きく発展していくよう促される、特に学園祭では大量に女子学生が訪れた。政春が学校案内を引き受け説明して行く。身なりは汚いが、かっこ良く見えたのだろう、周りの友達が羨ましいそうに「どうして、女子大生と仲良しになったの」

通学の途中一緒になる女子学生が政春に聞いてきた「授業内容はどんな事をしているの」

「海洋実習が多く、海の環境の調査など海の上に出かける事が多いよ」

「私たちも環境に興味があって、サークルを作って活動しているの」

「お互い環境をテーマにして月一で交流しよう」政春グループ五名、女子学生五名で始まった。活動は活発に行なわれ、月一の土曜日の午後、交互に大学を訪問し、テーマの選定や、活動方法などの情報を交換し、まとめたものを公表する。ただ学生運動が激しくなり、一年程度でその交流会も出来なくなってしまった。

その縁で恋愛結婚したものもいる。政春には恋愛する余裕などない、毎日の生活が大変だ。それから十年後、女子大学は田舎すぎた為、学生が思うように集まらず、もっと都会で、地理的に条件の良い場所へ引っ越して今はない。


公夫君は、大学を退学後、しばらく親元で生活していたようだが、地元の町のアパートを借り、独立し、本格的に文筆活動を始めたとの事、一年後、公夫君の両親に会った時、話していた。

現在では、色々な小説を書いているとの噂があり、どのような内容のものなのか会って、聞いて見たいと思っているのだが。

しかし、高校の友達から聞いた話では「同窓会には全く顔を出さず、住所も不明で、ペンネームも分からない。かなり有名ではないのかな、この一ヶ月前、たまたま本屋で会って、公夫君に良く似ているので声をかけたが、全く知らないふりをされて、何度も公夫君だろうと、念を押して聞くのだが（違う、それは誰）間違いなく公夫君と思う、相当に難しい人になっているようだよ」

政春は何となく公夫君の気持ちが分かる、苦労していないと、心の中まで見抜けない、恐らく、今の政春が偶然会ったとしても、全く相手にされないだろう。

政春より、もっともっと苦労し、その都度、悩んで考えて、自分の道を進んでいるのだろう。苦しい現実から、ある程度脱却できているからこそ、本屋や図書館に顔を出す事もあるのだ。会っても声をかけると傷つけそうだ、静かに見守ってあげるのが、公夫君の為。

ただ、高校時代、共に書いていた小説を読んで見たいものだ。


政春は奨学金と家庭教師だけでは、授業料や下宿代が足りないので、下食近くのおばちゃんの世話で休日に土方をする事になった、月に４日程働いて下宿代を賄う。

毎日毎日が学校と家庭教師、休日は土方で多忙、目先の事でのやりくりに一生懸命、卒業まで漕ぎ着けるか、まして将来の事等考える余裕すらない。

政春「本当に地元の国立大学に行かなくてよかった。カリキュラムを全て熟す為に、必死で勉強しなければならない、その時間がない。休めば減点、先生には苦学は理解されても、単位を取るためのゼミの参加ができない場合がある。学業と生活を両立させていく事はとても無理、この現状を乗り越えて進むのは、こんなに苦しく大変なものなのか」と痛感する。学業を本文とする、高等教育ではアルバイトで本文が後回しになる事は、想定してないと思う。しかし、これが現実なのだ、お金がある人だけの高等教育ではないはずなのだが。

大学生活に親からの仕送りや援助は全くない状況の学生に、一般の学生と同等の学業に励むのは無理、本当に苦労しながら、学業に頑張らなければならない学生には、社会全体で、それなりの仕組みや手当てを考えなければならない。

現在では国立大学でも二部の学部もあるのだが、専攻分野が限られている。夜間に学べる学部の充実そして、国や民間の奨学金制度も充実させる必要がある。まだまだ十分ではない。

学生が楽にして、お金になる仕事を求めると、罠に入ってしまう。簡単に儲ける仕事はない。

何でも無いような事から今の世の中、簡単に悪の世界へ入りこまされる。全く望んでいないにもかかわらず、知らない内に、そんな事になっていたとは、後で気づいてはいけないのだ。

自分自身が確固たる目的と信念を持って、このバイトは良いかどうか、少し待って考える事だ、気づくチャンスを逃さないようにしよう。

行動する前に、甘い誘いには裏があるのではないか・・十分に考えた行動がとれる、これが大事。政春には分かる。

迂闊な行動はやめよう、良く考え、自制を持って欲しい。

また、学生のアルバイトで「バ畜」という待遇で働かされている者が多数いるそうだが、この実態は無茶だ、雇う側の姿勢が問題、責任を負わされ肉体的にも精神的にもきつい状況を作り出し、束縛してしまう。学生の本分を周りの者が理解した扱いにしなければ優秀な人材は育たない。

実態を見て見ぬふりをしてはいけない、その実態調査及び指導、監督が出来る仕組みを早急に作らなければ、若者が育たない、文科省に頑張って貰いたい。

政春の時代には、一緒に働いている人達が使用者と話ができていて、助けて貰っていたのだが。

現在、しっかりした学生でも、受け子などの誘いに乗ってしまう学生もいる。

小、中、高、大学ともしっかりした人間教育を行う、文科省もその研究を行って、良い面を取り入れた教育方針で進めて欲しい。政春は家庭の事情で直に学んだのだが。

文科省はやらねばならない事がいっぱいありそう、色んな所に目を配って欲しい。

自殺者も多くいる、落ちこぼれそうになった学生、悩んでいる学生、いじめに会っている学生、その内容がどうであれ、自分を捨ててはいけない、生きる事、すばらしい未来がある。

安心して勉強に励んでいけるような社会の手助けと、一人一人に寄り添う仕組み作りを、社会をあげて作り上げて行く。不安な社会の解消に向け、先生や大人達が、個人個人に働きかけ促していく大事な子供達なのだから。

政春は毎日毎日学校の授業と家庭教師に明け暮れた。期末試験の時だけは、教える日程を先に延ばしてもらっていたが。家庭教師も大変である、予習もしておかないといけない。

特に高校生を教えていたので、その予習が大変。数学、英語の参考書や問題集を引っ張り出し、一応解いて見る。解らない所もあるので、答えを見て研究しておく。

他は中学生なので、何とかなっていたのであるが、それでも一応やってもらうページは目を通しておく。教え子の中には、性格の掴めない難しい子もいる、しかし、学校の成績は非常に良い、その子は特別に課題を作らなければならない。大学の図書館で、教え方のアドバイスを書いている本を借りてきて必死で読み、その子の事を考え、教えに反映して行く。

寒さが和らぎ始めたある日、教えていた高校生がうれしそうに訪ねてきた。丁度不在だったが、先輩が「まだ、政春君は帰っていないようなので、もう少したったら来て、すぐ帰ると思うから」

政春が学校から帰ると、教え子の高校生が待ち構えていた。

いきなり「先生、東京工業大学に合格したよ」

政春はびっくり「超難関大学ではないか、近くの国立大学に行くとは思っていたが、すばらしい、数学や英語は得意だったね、よく頑張った」教えている時は、難しい顔をしていた、分かっているのかどうなのか、さっぱり政春には分からなかった。

政春の教えていた内容に疑問があったのかも知れない。あの子が、超一流大学に合格するとは。

政春は感激したのだが、教えていたと言うより、教えられていたのかも知れない。

同じ下宿の先輩に、その事を話すと「君が毎日毎日、教えているのがよく聞こえて来た。教え方が良いからだよ、とてもじゃないが、滅多に合格するような大学ではないよ」褒めてもらった。

その年の春、中学生の教え子の一人から「先生お姉ちゃんが、お付き合いしてよと言っているよ」

これもびっくり。

政春は女性との付き合いは全くないのだ。学園祭での女子学生の学校案内程度、しばらく考え悩んだ「付き合うべきか、断るのなら、傷つけないようにしないといけない」

苦学を決めて大学に入学した初心を思い出す。授業とアルバイトに頑張らないと、この大学に来た意味がない、今の自分がおかれている現状を教え子のお姉さんに話す事にしよう。

政春は、教え子のお姉さんと会った「初めまして政春です、お会いできて有り難う御座います。弟さんから聞いたのですが、私は、世間で言われている、苦学生なのです、下宿費用、学費、通学費など、親からの援助は全くありません、自立でやって行かなければ、大学に通う事、まして卒業は不可能なのです。申し訳ございません、この現状の中で体や頭がいっぱいで、全く余裕がない状態です。理解して頂けないでしょうか」

彼女は静かに聞いていた、何にも言わず、黙って席を立ち、帰っていった。教え子の弟にお姉さんの事を聞いて見たが、話していないので知らないとの返事。

その後、教えていた弟の中学生も、習いに来なくなった。政春は寂しく情けなくなって来た。

彼女に悪い事をした、真剣だったのだろう、しかし、今の政春には、どうにもならない現実、自分の都合で断るしかなかった。

頼りの先輩に相談しても頷くだけ、方向が見えない。

そうだ、学校に相談して、下宿先を変わろう。一からやり直そう、何か見えて来るかも知れない。

先輩もこの四月で就職だ、誰も知っている人がいなくなる。少し離れた所で、今までのように、家庭教師が出来る所を世話してもらう事にしよう。残っている教え子はそこから通えば良い。

次の朝、学生課へ直行、係員が資料を出して説明「中学生の女の子数名、教えて欲しいと言う地域がある、その近くの下宿先に決めたら良いのでは、少し遠いようだが、下宿先に電話しておくので言ってみて下さい」次の日その下宿先へ訪問。女将さんが応対してくれた。

女将さん「大学までは電車での通学になりますけれど、この家の下側の平屋の一軒家です、食事は自炊なので、炊事場は自由に使って良い、大変だけど頑張ってね、では、家を案内します」

政春「結構広いですね、一人では勿体ないようですね、もし友達が来たいと言ったら、二人になっても、大丈夫でしょうか」

女将さん「結構ですよ、二人でも三人でも何人でも住めますから、家庭教師をされるようですが、こちらの部屋が明るいので、ここで勉強すれば」

早速、中学生の女の子三人がやって来た、結構活発な子供達のようだ。しっかりしている。まず基本的な部分の、英語と数学の参考書を出して、簡単に説明し、やってもらった所、全員満点だ。

これは、勉強が出来そうだ、教え方を考えないといけない。再度、参考書を見直し、教える内容を一つ一つ確認していく。

以前からの週一の土方のアルバイトは続けている。日曜日は朝早くから、何時もの駅に行く、おばちゃんと一緒に、迎えの車に乗って、現場へ直行、朝の八時から作業開始。

おばちゃんは知り合いの方と何やらおしゃべりしているようだ、政春は、現場監督から指示を受け作業の段取りをする。

おばちゃんが現場監督に政春の事を話してくれているようだ、他の作業員の下手間、少し楽な仕事内容が与えられる。

しかし、一日中、外での仕事、体が慣れるまでは、きつかった、作業員の中では、一番若いので、たまに、重たい物を持たされる時もある。

世話してくれている、おばちゃんが帰りの車の中で「政春君、体は大丈夫、気を付けてよ、力を入れて働かなくて良いから、学校も行かなくては、ならないからね」すごく可愛がってもらっていた。

下宿に帰るとクタクタに疲れ切っていた。

この頑張りで下宿代、授業料も何とかできたのである。大学の授業も一生懸命頑張っているが、毎日の予習、復習が全くできてなく、試験の成績は良い方ではない。

顔は真黒、疲れた表情、あだ名はベトちゃん、普通の学生から見ると、すごく変わった子と見られていたようだが、友達の竹山君とは仲が良かった。

竹山君「政春君、大丈夫か、下宿ではどんな生活している、今度遊びに行っても良いか、食べるものを多少用意して持って行くから」心配しているようだ。

訪ねて来た「すごく広い家ではないか、それも一人で自炊、最高だ、俺もここに住みたくなった、来ても良いか」

政春「大家さんから、何人住んでも良いと言われているので、かまわんよ」

二人で、自炊しながら住むようになった。気が合うので、すごく楽しい。畑の隅っこを借りて、ネギやピーマンを植えた、ラーメンにネギを入れ、ピーマンを炒めて食べる、ほとんど食事代がかからない両親に手紙で自炊していると告げると、お米を送ってきてくれた。ご飯には困らない、しかし栄養不足ぎみなのか、少し痩せてきた。

竹山君が、たまに肉や魚の干物を買ってくる、一緒に食べるのも楽しい。二人の共同生活、料理は手慣れているようだ、カレーライスも作ってくれる。

この学校は単科大学なので、先生の数も少ないが生徒の数も少ない。

「個人個人に合わした教育を行っている、専門性を身につける為、実習を多く取り入れ、練習船で海洋調査を頻繁に行う」と大学案内には書かれていた、先生も生徒も身内のような関係だ。

政春は入学してすぐに、学生課の担任の先生に家庭の事情を説明し、自分で稼ぎながら学校生活を送らなければならない事は理解してもらっていた。

二年時の夏休みに、ゼミの松原先生から「政春君、部屋に来てくれ、話がある」

松原先生「ちょっと遠いのだが、東北の山形県の缶詰工場にアルバイトに行かないか、学校の先輩が勤めている会社で、この時期、桃のシーズンで忙しい、アルバイトしたい学生がいれば紹介して欲しいとの話があったので、政春君どうか」と話があった。

政春は即座に返事した「有難う御座います、行きます」

缶詰会社に四十日間寮に泊まり込みで朝から晩まで働くことになる。

週一の土方のアルバイトで鍛えている、四十日位、休まずに続けて働ける大丈夫だ。

下宿に帰って、すぐ、大家さんに四十日間不在する事と、教え子に休む事を伝え、宿題を出し、了解を得た。

山形県の缶詰工場行きの途中、同じ下宿の竹山君の実家がある、夏休みなので実家に帰っているので立ち寄って一晩泊まる事にした。

政春の家とは全く違う、立派な家だ、竹山君の両親は訪ねてきてくれた事がうれしかったのか、その晩すごいご馳走の、もてなしを受け、竹山君の両親、兄弟とも話がはずんで、仲良くなった。

政春「東北方面には一度も行った事がない、電車の乗り継ぎもしなければならない、旅行らしいものは初めてなので心配だ」

竹山君「大丈夫だよ、駅の案内板をしっかり見て、行き先表示の方向に行けば、ちゃんと目的の方向へは行けるから」

政春は電車の時刻表を買った、目的地への電車名、時刻表、乗り継ぐ駅を書き出した。

大都会東京を経由する、高校時代、東京方面の修学旅行には行ってないので、これ幸いに、東京駅で降りて大都会を少し歩いて見よう。修学旅行に行った気分になれる。

東京駅で待ち時間が一時間ある、途中下車した、丸の内のビル街を歩いて見た。すごいビルとビルとの谷間、行き交う人々が忙しく歩いている、全く見向きもしない人達、まさに東京砂漠。

政春の田舎なら会えば声がかかる、だが大都会の東京の町は違う、行き交う人達同士、声をかけ会うなど全くない、ここが東京のど真ん中、日本の中心地を繁々と眺める。

目的地、山形の缶詰工場へ着いた、桃の缶詰会社だ、桃が採れる今が最も忙しい時だ。たくさんの従業員がいる、各方面から大学生のアルバイトが来ている、寮は二人部屋、残業も毎日ある。

地元の女子高生も手伝いに来ている。

政春は良く働くので、ラインの中の一人に組まれた、流れを止める事は出来ない、最も過酷な場所

隣の従業員のおばちゃんが「よく働くね、学生さんでしょう、どこからきたの」聞いてくる。

缶詰工場の寮で働いていたバイト学生が、一週間でやめてしまった、ますます、人手不足となる、

政春はやめるつもりはない、重要なポジションにいる。

何時も両脇にはベテランのおばちゃんに囲まれて話題豊富だ、仕事をしながら、田舎の話や、学校の話この地域の話で盛り上がる。おばちゃん「政春君、生まれは九州と聞いたけど、山形は初めて」

政春「はい、初めてです、果物が豊富で、静かで落ち着いた町ですね」

仲良くなったおばちゃん達ともお別れの日がやってきた。隣で一緒に働いていた、おばちゃんの一人が「自宅でケーキを焼いてきたの、寮の皆で、今晩ゆっくり食べてね」自家製のケーキを焼いて来てくれたのだ。

政春はケーキなど食べた事がない。

「有り難う御座います、美味しいそうなケーキ、頂きます、色々とお世話になりました、また会える日があればいいのにね」おばちゃんは少し涙ぐんでいる。

おばちゃん「政春君がいなくなるとラインが困るわ、どうしようかしら」

政春「ごめんなさい、授業が始まるので、帰らないと行けないので」

おばちゃん「明日からいなくなるのね、寂しくなるよ」、

次の日、駅で帰りの電車を待っていると、手伝いに来ていた女子高校生の二人が、見送りに来ている電車を待っている人は自分一人、政春に別れを告げる為に来たのだ。

さすがに日頃冷静な政春も、恥ずかしそうに手を振っている女の子の姿、が目に焼き付いて離れない、心の中で「純粋な高校生達だ、もう会うこともないのに、別れを告げる為に来てくれている」その姿に涙があふれてきた。

「さようなら山形の人、さようなら一緒に働いたおばちゃん、バイトの仲間達」涙が止まらない。

電車の中では、寂しさが込み上げてくる、別れとはこんなに寂しいものなのか、親しくなればなるほど、別れはつらくなる。

ひたすら、本に目を落としながら涙ぐむ。電車の中でぼんやりと外を眺めては、思いにふける。

下宿に帰って来た政春は、教えている子供達の家に教える日程を連絡し、家庭教師を再開した。

次の日、学校へ行くと、ゼミの松原先生に呼び止められた。

ゼミの松原先生「政春君、工場では良く動き、良く働いてくれて助かったと先輩から連絡があった

ようだ、卒業後、内の会社に来てくれないかと言っておったが、また会社から貰った給料は、先生の給料より格段に多いと言っておったが、奢ってくれよ」

政春「先生、僕は自分で、やりくりしないと、誰も助けてくれないので、すみません、三ヶ月ぐらいは、土方のアルバイトはしなくてもよくなったので」

先生は冗談のつもりで言ったようだが、政春は真面目に答えてしまった、先生は黙ってしまった、あの場合、先生には「いいですよ、学食でも食べに行きましょう、と答えれば雰囲気が和らいだのにくそ真面目に、馬鹿な自分だ。先生の思いが伝わってないのか」と考えてしまう。

このアルバイトのおかげで、しばらくは日曜日に働かなくてもよくなった。何とか家庭教師と、奨学金、そして冬休み、春休み、夏休み、のまとまったアルバイトで何とかなりそう。

何度か挫折しそうになり、学校と生活はもう無理と思い悩み、先生には「もう体も限界、研究も他の友達のように、長い時間学校に止まる事ができないので進まないし、学校をやめたくなった」と言った時もあったが何とか乗り切れそうだ。

苦労している姿を、先生はよく知っている。海技実習の日、前日、土方で疲れ切っていて、朝起きるのが遅くなり実習時間に間に会わず遅れた政春に、先生がそっと資料を渡し、一言「頑張れよ」と励ましてくれた。

その数日後、先生は「政春君、負けるなよ、逆境の時は誰でもあるから、しっかりと前を向き前へ前へと進め、頑張ればなんとかなる」と諭してくれたのである。

政春は、また良寛の言葉を思い出す。

「やらされていると思えば苦しくなる。やっていると思えば楽しくなる。やらせて頂いていると思えば有難くなる」政春には先生や良寛の言葉が大変な励ましとなった、忘れられない言葉である。

塞がりかけた心が開けたような「しっかり前を向いて、がむしゃらに頑張らなければ、やれるだけやって見よう」逆境の中で頑張る事の大切さこそが、与えられた環境下での中で最善の策だと身に染みて感じたのである。

心に響いた言葉は数少ないものだ。これからの人生、この大事な貴重な体験が役立つに違いない。他の同級生達は、余裕があるのだろう「今日帰りに麻雀しないか」話している。

大学三年の春休み、ヤマザクラの木に登りたくなった。花が咲きそうな時期、下宿先から実家へ帰る事にした。学校から実家への国鉄線は、当時、電車ではなく、汽車であった。

窓を開けると蒸気機関車の燃えカスと、煙が目に入ってくる。どこの窓も開けていない。ガラスは煙で曇っているので、なつかしい山々や田園の景色は全く見えなく帰省している気分になれない。目をつむって、眠っていると、肩をぽんと叩かれた。ふっと顔を上げると、実家の隣、国鉄に勤めている松彦おじさんだ、この汽車の車掌をしていた。車内で出くわすとは思ってもいなかった。

政春は、日頃、服を買うお金もないので昔から着ている、ボロ服、みっともない恰好であったが、やさしく声をかけられた「政春君、春休みで帰省しているの、政春君の家族は皆元気にしているので安心して、休みは長いのかね、ゆっくり休養してね」

松彦おじさんの声で、故郷を思い出してきた。チビや牛はどうしているだろうか、ヤマザクラの木は枯れていないのだろうか。色んな思いを抱く。

実家に帰ってきた、ヤマザクラの木はもっと太く、大きくなっていたのだが、犬のチビは亡くなっていたのだ。

チビの最後は、朝方、餌を食べて昼寝をし、目を覚ました時にはシッポを振ってペロペロ手を舐めてきて普段通りだったが、急にその晩亡くなった。

チビを子供のように可愛がり、世話をしていた母親は大泣きしたようだ。

久しぶりに、ヤマザクラの木に登って見よう。しかし桜の木に登るためには、台を使わないと、手で掴める枝に届かない。大きくなっている。三年前までは、余裕で届いていたのだが。

踏み台を用意して、途中まで登って見たのだが、それ以上高い所までは無理、枝が高く大きくなっている、以前登っていた所までは登れない。低い所ではあるが、ちょうど腰かけ程度の、左右に分かれた幹の枝があった。

そこに腰かけ畑を眺めると、辺り一面、麦畑となっていた。青々したみずみずしい雰囲気を醸し出している「今年は麦を植えているのか、登って考えるのは久しぶりだ、気持ちが洗われるような、すがすがしい気分だな、何もかも忘れたい、苦労しているのだろうな、自分は今いったい何を目指しているのだろうか」しみじみと考える。政春は木から降りて、ヤマザクラの花を眺めていると、母親がやって来た、ヤマザクラを見て「今年は可愛らしい花が満開に咲いているよ、ほら牛小屋の上の方を見てごらん、可愛い花が咲いているでしょう」

政春「お母さんが一生懸命、枯れ葉や牛の糞など根っこに与え、育てているからだよ、すごく栄養分が豊富なので、どんどん大きくなっている、こんなに大きなヤマザクラの木は、下宿している近くでは見たことがない、つやつやして、美しく輝いている艶やかな花がいっぱいに咲いているように見えるけど、そうだね、お母さんの言う通り、可愛らしい花がたくさん咲いているね」

母親「このヤマザクラの満開の花は、通りがかりの人は艶やかに咲いているように、写っているようだが、母さんには葉芽と一緒に咲くので、子供らしい可愛らしい花に見える、育て甲斐があるよ」

政春「この木の花は特別だね、もっと大きくなって可愛らしい花が、いっぱい咲くといいね」

牛がモーモー言い出したので、母親は牛の方へ行く、政春にとって、やさしいお母さんなのだ。

「新学期の授業が始まったら、学校生活が大変になるな、少しはこの前のアルバイトで余裕はあるのだが」現実に戻った。大学卒業までは、まだ二年近くある、家庭教師だけでは、まだ足りない、もう少し稼いでおかないと、下宿に帰ってからの生活に困る。

松彦おじさんが「ゆっくり休んでよ」と言っていたが、春休み、ゆっくり休んでいる暇などない、まだ二十日程、働ける。

近くの従兄にアルバイトの世話をお願いした。

従兄「自分が働いている所ならいいよ、おいで、人手が足りないので、春休みの短い期間でも良いから」と言ってくれた。

次の日から、従兄が働いている土建屋で働く事になった。従兄と一緒に働くことになったのだが、彼はなかなかの働き者で、厳しいので有名だ。

ちょっと休憩していると「政春君、休んでないで。そこの土をスコップですくって、そこの一輪車に入れて土手の横の、溝まで運びなさい」幾度となく指示される。なかなか休憩させてくれない。

毎日が死に物狂い、きつかったが、最後の日まで頑張って働いたおかげで、二か月分の下宿代が賄える程度、稼げたので余裕がさらに膨らんだ。

政春「ヤレヤレ、これで当分は授業にも頑張れる、親にも少し小遣いをあげよう」

春休みも終わった、早速、汽車に乗って学校に帰ってみると入学式が行なわれていた。入学者の中に高校の後輩がいたのである。政春はうれしかった、やっと、後輩が入学して来た。先輩として何か声をかけなければ、可愛そうだ。

高校の先生について聞いて見ると、あのスパルタ先生の二人は転勤になっていた、やさしい地元の大学卒業の先生はまだいる、面倒見が良く、一番人気があるとの事。

高校の話をしばらくして、下宿に帰ってみると、相変わらず教え子が待ちかまえたように、本を持ってやってきた「また一年間この現実が待っている、今年度も頑張ろう」と誓う。友達の竹山君はまだ学校へは帰って来てなかった。少し稼いだお金で買い物をして、ちょっと贅沢な気分になる。

二カ月後、学校が企画した実習があった。今度の実習は、実際に研究している現場、遠くまで行くのだ。政春は三日程、教えられないので、宿題を出す事にした。参考書をめくり、範囲を決めて、三日後に提出とした。今度は朝早く起きられるように、早めに寝たのだ。

次の日、朝早く起き、遅刻せずに登校し、待ち合わせ場所へ、学生皆と実習に出発、専門機関の研究所に行くのだ。

専門研究員の指導で実習を行った後、技術者数名と学生との懇談会があった。

質問の時間が設けられた、同行の同級生の学生からの質問は全く出て来ない。静かになってしまっている、何も質問しない、沈黙している。

政春は、沈黙したままで、何も聞かないでは技術者に申し訳ないと思った。学校の実験や実習での経験を元に質問してみよう。

光合成研究でノーベル賞を受賞した研究者(アメリカの化学者メルビイン・カルビイン氏、光合成の研究でカルビン回路発見)がいる藻類講座の実験だ。

政春は、藻類培養の研究を専攻していたのだ。静雄叔父さんの瓶に入った海苔のお土産の味を忘れられなく、専攻理由にしていた。

政春「アサクサノリの培養中に白グサレ病が発生する事があるが、その発生のメカニズムが、解っていれば教えて頂けないでしょうか」地元の漁師宅に、アサクサノリの収穫の手伝いに行った時、そのおじさんが、白グサレ病の発生で、生産量や品質が落ち、困っているとの話を聞いていた。

注目され始めている、藻類培養中に起こる疾病のテクニックを知りたく質問したのだ。まだこの時代は、藻類学の疾病についての研究はそれほど進んでいない時代、政春が質問した内容に他の同級生は驚いた表情を浮かべている、顔は真っ黒研究時間は短い、すぐ学校からいなくなる、ましてあだ名がベトちゃん、まさかこんな質問が出てくるとは、思っていなかったのか、同級生達はその後、下を向いたまま。

技術者の方は、返答に苦慮しているようだ、やっと研究者は口を開いた「これには水温、太陽光、海水の栄養分、拡散よる酸素補給など光合成を行う為の必要な要素が、複雑にからんでいる、一概にはこれだと、特定できないが、まだまだ今からの研究の余地がある」との返事が返ってきた。将来は微細藻類の研究に進みたいと思っていたので、その研究をやる意味はありそうだ。

大学四年になると就職活動もしなくてはならないのだが、時間も余裕もない、それどころではないのだ。アルバイトで稼いだお金も、底をついてきた。

四年の夏休み、今度は高速道路建設の現場でアルバイトを始めだした、飯場に泊まり込み、一ヶ月間の予定、重機が掘起こした木の根っこや石などを一輪車に乗せ道路脇に積み上げる、毎日同じ作業朝八時から五時まで、暑い夏だったが、休まずにやり通した。一ヶ月間の作業なので、良いのだが、他のおじさん達は何年もこの作業を続けている。出稼ぎに来ているのだろう、家族の為に頑張っている姿を見ると、政春は「学生だからと甘えていてはいけない、ここでは一生懸命働かなくては、帰ってからもしっかり勉強に研究に頑張らなくては、おじさん達に申し訳ない」つくづく思う。

夏休みも終わり、後期が始まった、どんどん同級生は就職が決まって行く。政春は取り残されているようだ、自分の将来が見えず不安感がよぎる。毎日、悩みに悩む。その時、ヤマザクラの木の上で考えていた、色々な事を思い出してきた。

政春「両親の農作業している姿を見てきたが、その跡継ぎをするのか、しかし、収入が少ない、家族を養う自信がない、この大学を選んだ理由は何だったのか、藻類学の研究を続けるのか、アルバイトまでして苦学し卒業ができそうになったが、そのアルバイトの中で色んな経験をした事は何だったのか、しっかり自分と向き合っていかなければ、今までの経験の意味がない、両親や社会にどれだけ貢献できるのか、これから切り替えて行けば、就職も自然と決まるに違いない、頑張ろう」

あと数カ月で卒業のある日先生から、就職が決まっていない政春に、実習の事を覚えていてくれたのか「政春君この大学に君のイスがあるよ、残らないか」と言われたのだ。有難くうれしい。

しかし卒業後もこの研究を続けていきたい気持ちは並々ならぬ程ある、だが、両親の姿が浮かんで来る、貧乏生活がよぎって来る、学生だから出来た事なのだが。何分研究と下宿生活とが卒業後もまだまだ続く、今までと変わらない、これ以上貧乏は続けられない、両親に申し訳ない。

先生に思い切って「給料の良い企業に就職を希望しています、それも大企業が良いです」と告げた先生は残念そうな顔をして「そうか君は、お金に苦労していたな、少し遠いが求人に来ている所があるので、問い合わせして見よう」と言って学生課就職係に問い合わせしていた。

数日後先生から「職種は違うが君に会いそうな、良い所がある、入れそうなので受けて見るか」との話があったのだ。有難い話だ、親に相談してから返事する事にした、両親は気に入ったようだ。

受験は簡単な面接、合格した、そこに行くことに決めよう。

実家からは少し遠いのだが交通の便利も良い、連休の日には気軽に帰省できる。住みやすそうな町にある。

入社数か月後、先生にお礼状を書き、学校の新しい校舎建設の資金を募集していたので、幾分か添えた。お世話になった下宿のおばちゃんにも手紙を書いた。

先生は非常に喜んでくれた。後日、感謝の手紙が届いた「アルバイトに授業に学生時代は大変な思いをしていた事は分かっていた、これからも、頑張って下さい、期待しているよ」

下宿のおばちゃんからも手紙が来た「日曜日は土方など、良く頑張っていたね、今後は良い家庭を持って、社会に貢献してね」

政春は今までの苦労が財産になって行く「先生や下宿のおばちゃん達、いろいろと心配してくれていたのだろう、何もして上げられず、迷惑かけてごめんなさい」、と心に思う。

就職先の給料は思ったより多かった。毎日残業をしたからだろう。ボーナスもある。毎月、親への仕送りもできる。

数年たちヤマザクラの葉っぱがエンジ色となりかかった秋口、親が実家の隙間だらけの家を改装したのだ。政春が毎月精一杯の仕送りによって、資金ができたのだろう。新築と変わらない家に衣替えされた。親の喜び様はすごかった。親から手紙が来た「今度、帰省したら、立派になった台所で食事ができるので、焼き肉をしよう」

その数日後「おみやんわき」の改装の祝いを村の主だった衆（町長さんまで来てくれたようだ）を招き、行なったのだ。

政春が大学に行って学んだ事は、勿論、藻類学の専門分野であるのだが、それ以外に、毎日の生活苦から来ている事もある。プレシャーからの脱却。春休み、夏休み、冬休み、そして日曜日、家庭教師によって、授業料、下宿費用、通学費、を捻出して来てやり遂げた、その自信なのだ。

やっと両親にも親孝行が出来た、貧乏からの脱却が思ったより早く実現した。

ヤマザクラの木の上で思い描いた将来の道筋が明確に見えてきた。

政春「そうか、これだったのか、やっと分かったよ」

それから、二年後、中学の友人から同窓会の案内が来た。お盆休みに開くとの事。車も買えたので参加する事にした「九連休なので車で帰省します、同窓会にも参加します」と親に手紙を書いた。

車を走らす、まだ高速道路は完成していない、国道二号線を走って行く、およそ、九時間位かかった、途中、国道沿いのレストランによって、珍しい（椎茸うどん）なるものを食べた、この地域の名物らしく大きなのぼりが出ている。美味しい、椎茸がたっぷり入っている。

途中、明君の家の前を通る「そうだ寄って見よう、お土産も買っている」何年たっても、親切なおばちゃんの顔を忘れる事はない。

およそ十年ぶりだ「ごめん下さい、政春です、おばちゃん元気にしていますか」

おばちゃん「はーい、政春君なの、随分大きくなって」

政春「明君は元気ですか、小学校に通っていた時には、親切にして頂いて有難う御座いました、これ少ないですがお土産です」

おばちゃん「お土産頂けるの、有り難う、すごく立派になったね、若者らしくなって、明は今日、用事があって、出かけているので、帰って来たら言っとくからね」ニコニコしているおばちゃんの顔を見る、少し涙を浮かべている。

同窓会の参加は、政春にとって初めてなので、きちんとした身なりで参加する事にした。

「背広姿で参加しよう」同窓会で久しぶりに明君や先生に会えた。

図を書いて教えてくれた先生も来ている、情景を交えて感謝の言葉を告げたのだが、先生は全く覚えていなかったのだ。

政春にとっては、つい最近のようだ、強烈に頭に残っている。

先生「そうか、そう言う事があったのか、忘れずに良く覚えていてくれたね、有難う」先生はうれしいのかじっと顔を見て、口元が緩んでいる、喜んでいる表情。

声のでかい先生にも会えた。その先生は覚えていた「政春君か、随分変わったね、服装も決まっている、若者らしく恰好良くなったね」

その時、静雄叔父さんを思い出した。子供心に、あこがれていた叔父さんの姿「すごく格好良い背広姿で笑いながら話している、その時の状況に似ているのかな」苦笑いをしてしまった。

女子もたくさん来ている、狭い会場が、盛り上がっている。政春は、大人しい中学校時代を思いだし静かに対応している、カラオケ等の二次会には参加しなかった。

参加者の中には、気になっていた女の子も来ていたようだが、実家に従兄弟が来ると言っていたので早めに帰り、その時は会えず後で後悔したのだが。

同窓会の場所は政春が何時も泳いでいた浜辺の近く、海原を眺める、透き通るような青い海だ。

連休も終わり、寮へ帰り、明日からの仕事の準備を始める。また、忙しくなりそう、受注している造船が、数十隻、毎月一隻の進水の予定、本当に忙しい。

丁度その時期、両親から手紙が来た。大阪に就職している近くの同級生の事が書かれている。

「中学から就職した源太さんが、お嫁さんをもらう事になって、村の親戚一同が大阪へ行く、式の案内状や招待する村の人達の宿泊費用、旅費等を源太さんが用意し、現金封筒で送ってきた。大阪ですごく頑張っていると評判になっている、親戚中が大阪へ招待してくれたと大喜びしているよ」

それを読んだ政春は「そうか、自分達の年代はその時期に来ているのか、源太君が村の同級生六人の中で、結婚が一番早いな」

源太君は政春とはまた違った道で、新しい人生を築いて行こうとしている。政春は苦学の道も、自分から飛び込んで、成し遂げてきたが源太君は違う、高校には行かずに自分から就職の道を選び人生を切り開いて来ている。立派な考え方を持っている。

政春の初恋は遅く二十五歳頃就職して落ち着いてからの事。同窓会に来ていたらしいのだが、小学校低学年の頃フォークダンスの授業中にこちらを向いてニコッと笑っていた女の子だ。

その年の冬休み、年末に帰省中に乗ったバスの待合所で彼女に偶然会った「可愛い、付き合いたいな」初めて女の子に思いを寄せた。

思い切って声をかけた「こんにちは、久しぶり、十年ぶりだな、そこの公園で話をしないか」と勇気を出して誘ったのだが、彼女は何にも言わずに、黙ってバスに乗ってしまった。

永く会ってないので、彼女の事は全く知らなかった「もしかすると、結婚していたのかも知れない確実に振られたな」

実家の傍のヤマザクラは、空が見えない程、葉っぱが覆っていた。久しぶりに隣の幸江おばちゃんに会った。
幸江おばちゃん「就職が決まっておめでとう。家が良くなって、お父さんやお母さんは喜んでいたよ、頑張ったね」
政春「幸江おばちゃん、これお土産、父や母がお世話になって、有難う御座います。父や母を今後ともよろしくお願いします」

政春も第二の人生について、考えなければならない時期に来ている。

貧乏脱却の為に、ひたすら走ってきた。

これから、また新しい出会いが生まれるだろう、そして第二の人生を作って、行かなければならない、どんな人生ドラマが築かれるのか。

ヤマザクラの木は毎年大きくなって、艶やかさの中に可愛らしい花をいっぱいに咲かせている。

政春もヤマザクラの木のように、大きく成長し、母親が思っているような、可愛い花をいっぱいに咲かせて欲しい。

著者紹介

真那井《まない》　政春《まさはる》

一九四七年生まれ　大分県日出町に生まれる、大分県立杵築高等学校、水産大学校卒業後、岡山県の造船会社に勤務、定年後　年金事務所、県立学校の契約職員として働く。七六歳で引退後、執筆活動を始める。

二〇二三年五月 第一作：少年と麦ご飯
　第一作の改訂版として
二〇二三年十二月　第二作：田舎に咲く一本の山桜　を発売

田舎に咲く一本の山桜

発　行　日　2023年12月25日　初版第1刷発行

著　　　者　真那井 政春

発　売　元　株式会社 星雲社（共同出版社・流通責任出版社）

〒112-0005

東京都文京区水道1-3-30

TEL03-3868-3275　FAX03-3868-6588

発　行　所　銀河書籍

〒590-0965

大阪府堺市堺区南旅篭町東4-1-1

TEL 072-350-3866　FAX 072-350-3083

印　刷　所　有限会社ニシダ印刷製本

ISBN978-4-434-33241-8　C0093